鳥嘴人

目次

【THE BEAK MAN】

第　一　章

鳥　嘴　人

四周一片寂靜的黑暗，迷茫之中，我坐起身，手探了探床頭的位置，下意識尋找眼鏡，但指尖冰冷的觸感別於往常，這不是我的床。

空氣中瀰漫寒冷的氣息，夾帶消毒藥水氣味。我吞了口水，喉嚨深處由內而外發出某種訊號，有點乾，萌生一股飢渴的慾望，我悄悄地望向了四周，尋找解決慾望的可能性。

隔壁床上躺著另一個看似熟睡的人，我想，這是我的機會，此時根本顧不了別人的想法以及後續未知的衝突可能，也或許自己還不夠清醒，才敢去做平常根本不敢做的事。

我下意識地張了張嘴，卻發現嘴被膠帶與紗布緊緊地纏住，我將紗布撕開來，隨手丟在床上。

「我才不是鳥嘴人呢。」我發出輕嘆。

鳥嘴人是一種貶義詞，動物性比喻通常是爲了替特定外貌的族群定義，各種稱號只是充分地表現了對於該群組的刻板印象，所以如果有人聽到自己被冠上某種動物當形容詞，那肯定不是好事。

我望了一下四周，整個空間只有我跟這個躺在床上的陌生人，我慢慢地走向了他，甚至還沒確認他的長相，手悄悄滑上了他的床單，或許我根本不在乎他的長相，或許就是擔心他長得很醜，會削減我的興致。

但此時此刻，我根本不想管那麼多，我的手在白色床單上游移，滑到了腳跟的位置，在黑暗中，像爬樹一般，由腳跟漸漸地往上滑，我甚至閉上雙眼，好像更能看清楚他身體的全貌。

雖然隔著床單卻可以感受到大腿是結實的，手也默默地摸到了重要部位，輕輕握住，通常這樣輕握可以大約推算出尺寸，即便這個尺寸是變動的，有可能大幅度地漲大，所以不能擅自評斷，不過該部位觸感很好，而且經過這樣的撫摸卻沒有醒過來，著實令人放心，我的手回到了原處，漸漸地從大腿回到小腿、腳跟的位置，然後伸進棉被，直接碰觸到他的肌膚，再緩慢地往上滑。

我來回的撫摸，搓揉，直到我感覺到它漸漸地漲大，才將這名陌生男子的棉被掀開，將他的褲子脫下，掏出該處已漲大的部位，輕柔卻快速地搓揉它。

我暫停了我所有的動作，這樣好嗎？可以嗎？這樣做是對的嗎？

不，不可以，這樣太下流了，這不是我該做的事，我現在應該要回到床上，然後當作一切都沒發生。

男子依舊沒有任何反應，他的左手腕上插著點滴，管線懸掛在床邊，點滴依舊維持著正常的速度運行，我將男子另一手的緊急呼救器輕輕地拔落，深怕他一不小心就按下去。

好想……好想一口含下去，但我不能這樣做……對……我不能！

我是一個理性的成人，我才不是那麼隨便的人，但眼前誘人的物體，勾起我沉睡已久的慾望，似乎全身的血液都衝到腦子裡，好熱，我可以這樣做嗎？雖然四下無人，但喉嚨止不住的渴望，就要爆發……

我跪下雙腳，低頭靠近男子漲大的部位，張開貪婪的嘴將整根含進嘴的深處，用嘴唇小力的咬住，上下來回的移動，我止不住的饑餓感瞬間爆發，舌尖緊緊地包覆纏繞住棒狀物的突起與凹槽處，此時此刻我沒有其他的奢望，只希望這樣的狀態能一直維持，我甚至希望他醒來，嚇了一大跳把我推開，這樣我便有很立即的理由能離開這裡，甚至這樣的期待已經變成了一種刺激。

噢，不，怎麼可以做這種下流骯髒的事，我不是這樣的人啊！我怎麼可以那麼淫穢？但心裡這樣想著，卻怎樣也停不了……我來回的用力吸吮，顧不了嘴邊的傷口，好像許久沒有嚐過食物的難民，舔著，張開眼抬頭偷瞄男子的臉，男子依舊一動也不動。

光腳跪在在冰冷的磁磚上，寒冷感漸漸地侵占膝蓋，雖然光線昏暗，但漸漸適應了，我這才看清楚，整個房間，都是白色的，這裡，是一間病房。

遠處傳來腳步聲，我沒有時間思索，嘴巴的動作比理性的念頭還要慢兩拍，似乎不想立刻放棄這嘴裡的美好。

門把被轉開，護士小姐慢步走了進來。

我已經躺回自己的病床上，整個人躲在棉被裡，背對著護士小姐，此時才驚覺，原本黏貼在我嘴上的繃帶不知道丟在哪裡。

護士小姐看了看陌生男子，發出被壓抑的驚呼聲，很快速的拿起了病床牆上的懸掛式電話。

「小羅！叫佑平院長過來！馬上。」

我感到忐忑不安，他們發現了什麼嗎？我現在沒空思考那名陌生男子的下體是否還硬挺，我擔心那片掉落在地上、原本貼在嘴上的紗布會讓護士發現，趁著護士轉過身望向門外的方向，我伸手微微地下腰，但因爲床的高度，我摸不太到紗布，又怕太過用力，整個人會掉下床。

眼看這短短的幾秒，護士就要轉過頭來了，一個轉頭的瞬間，手碰到了紗布，但留在床上的身體部位已經支撐不了全身的重量，咚的一聲我整個人跌倒在地上，護士喊叫：

「啊！」

所幸棉被翻了過來，遮住了我的臉跟身體，我迅速地將紗布黏回嘴上，然後將棉被掀開，我露出了驚慌的表情與護士對看。

「先生，你沒事吧！」

護士小姐過來扶我起身，此時一名男護士快步走了進來。

「護理長……」

「小羅，叫院長了嗎？」

護士小姐，也就是護理長，轉頭面對我，換了一個表情。

「先生……不好意思，請您不要驚慌。」

護理長轉過身來面對我，似乎是想遮住我的視線。

小羅看了一下陌生男子的身體，檢查了一下。

「護理長，我聯絡不到院長。」

「有打他手機嗎？」

小羅還專注在檢查男子的身體，不自覺露出了驚訝的表情。

護理長語重心長地說了一句話。

「這名患者已經死了……」

我露出了害怕的神情，甚至差一點叫出聲來。

護理長打開了牆壁上的床燈，這才看清楚，躺在床上的男子的面貌，此男子眉骨明顯，山根高挺，單眼皮，是個俊俏的男子，只不過嘴邊吐出血，已經浸溼枕頭的一大片，而更詭異的是，下體還是硬挺挺的。

護理長轉過頭來，吩咐了小羅幾句。

「是什麼時候死的……？怎麼會這樣？」

沒人回答我。

小羅離開了一下，過了些許時間又回來了。

護理長轉過頭來，語重心長地對我說道：

「先生，不好意思，因爲情況特殊，可以麻煩您暫時不要宣揚嗎？也是爲了這位先生的隱私。」護理長拉起了床跟床之間的簾幕。

我看到護理長的手上，戴著一個金戒指，戒指上鑲著紅色的碎鑽，在這個黑白爲主色調的醫院，這個戒指顯得特別引人注目。

「……好的。」我回答。

護理長將門關起來，門一關，就只剩我們三個人，我躺在床上，假裝看天花板，小羅拔除男子手上的點滴，並且將棉被默默地蓋住男子的臉。關門的這個舉動，像是默認這件事我們三個是一夥的，隔絕了對外的空間。

小羅走到病院的另外一角，撥起電話。

「你們的表情有點怪。」我輕輕撥開簾幕，鼓起勇氣開口問。

護理長低頭不語，我繼續說：

「抱歉……我只是忽然……」

我的嘴透過紗布說話，含糊不清。

過不了多久，一名樣貌俊美的神父走了進來。

這名神父皮膚黝黑，穿著全黑的襯衫，肩膀略寬，頂著一個小平頭，稀疏的白髮錯落，眼睛炯炯有神，語氣誠懇而有自信。

「百合，我還以爲什麼事呢……」神父說道。

護理長不可置信的看了神父一眼，低頭說話。

「神父，問題就在……這名患者他是……」

「是個鳥嘴人吧！百合，有通知院長了嗎？」神父淺淺的微笑。

「還沒聯絡到他人。」

「不用特地告訴他。」

神父看到護理長身後的我，瞬間驚訝，隨後露出了淺淺的笑容，我不是第一次見到這位神父，事實上，神父跟我是老相識，在學生時代曾經交往過一段時間，之後好幾年都沒有再聯絡，如今他看到我，我感覺得出來，微笑的表面後是五味雜陳的。

「嗨，大年！」

他的名字叫林忻年，我都叫他年年，或是大年。

「爲什麼你會在這邊？」大年神父微笑。

「我才要問你咧！」事實上，我很清楚神父爲什麼會在這。

護理長疑惑的看著我們。「你們認識？」

「我一直都在這邊啊。」

這一家醫院，從日本殖民時期就是陸軍宿舍附屬醫院，屬陸軍省軍醫部管轄，隨後由天主教堂出資改建，從陸軍醫院搖身一變，成爲了天主教醫院，繼承了日據時代的建築外觀，木造、磚造以及現代的水泥彼此交錯，複雜但是卻達成某種和諧，座落在靠近海灣的山坡上。

在這家醫院的內部，有一座教堂，從醫院剛落成時就存在了。

護理長與神父小聲聊了幾句，似乎是怕我聽到，兩人離開病房到走廊上咬耳朵。又過了些許時間，神父又走進來。

「好久不見，神父。你怎麼會在這裡？」我特別加強神父兩字的咬字。

「好久不見……我是這裡的義工，負責替死者禱告、讓大家更靠近主。」

我心想，恐怕是因爲教會的財團出資，所以神父自然也在醫院裡有一席之地，說得好聽是義工，實際上是代表教會，影響力應該也不小。

神父露出了溫柔親切的微笑，他看了一下手錶，繼續說話：

「最近還好嗎？」

「所以到底發生什麼事？」我急迫的問。

「你有聽到什麼聲音嗎？或是有人進來？」

「沒有……我才剛醒過來而已。」我搖頭，吞了一下口水，似乎想把口中殘存的那位死者的些許體液吞下。

神父看了我嘴上的紗布，眼睛不自覺地瞇了起來。

「不要這樣看我，我不是鳥嘴人。」我急忙解釋。

「嗯？」

我將紗布撕下，露出了嘴還沒結痂的傷口，並且微微張開。

「喔？這真的是傷口耶！」神父靠近。

我聞到了很熟悉的氣味，即便過了那麼多年，我還是聞得出他身體上自然散發出的氣味。

「是啊，做那種手術。」

「你也別這樣說，他們只是一時的迷惘，才會……不過，你也別直接叫他們鳥嘴人。」

「那你們都怎麼稱呼他們？」

「跟你我一樣都是上帝的子民啊。」

我輕蔑的笑了一聲，微帶感慨地說。

「其實我也不是很了解他們。」

護士小羅與護理長兩個人走進病房，對死者來回做了些檢查，我與神父放低音量說話。

護理長回頭來瞄了我一眼，她的眼神令我不寒而慄，隨後兩人將死者病床推離開。

小羅看起來憨厚憨厚的，但身材還不錯，在推病床時露出的手臂很性感，我的視線順著手臂往下滑，看到在兩條結實的大腿中褲襠突起的皺褶，感覺小羅的重要部位也是有一定的尺寸，我又忍不住吞了一口口水，若是有機會能幫男護士口交，那該有多好，但這樣的妄想只停留了兩秒鐘。

神父回過頭來，緩緩地說：

「他們經過那樣的手術改造，下巴整個突出來，像是鳥嘴一般，而且每個人越來越像，所以大家才會戲稱爲他們爲鳥嘴複製人，但那樣是不對的，擅自更改上帝賜給我們的樣貌，是絕對不正確的！」

我點頭讓他覺得我是同意的，並且回話：

「難道這裡就是……」

「你不知道嗎？這裡就是鳥嘴人的發源地，范姓男童就是住過這家醫院。」

「真假？那位著名的范小弟弟嗎？」

「是啊。」

「我只記得出了車禍，就被送到這裡了，我嘴巴的傷口就是因爲騎車被撞，我整個人飛出去，撞到地面。」

「還會痛嗎？」

「不痛了，不過好像縫了很多針，呵呵。」我傻傻地笑了。

神父笑著，他看了我一眼，隨後轉過身背對窗戶，此時我看不到他的五官，但透過背光的剪影還是看得出來他厚實的肩膀，當年著實是受到他外在的吸引，想到這邊，我不禁吞了口口水，喉嚨深處又有飢渴的感覺散發出來。

「那個范小弟弟……」

「我不完全清楚，范小弟弟的事情。」

腦中忽然想起前幾天電視的新聞畫面，面部表情僵硬的主播正在報導專題：

從台灣醫學界流行之鳥嘴文化現已盛行全世界，「口交之父」或稱「鳥嘴之父」的范硯安是一名患有先天性下巴萎縮症的男孩，也就是天生沒有完整的口腔，而他的主治醫生顧廣毅就是「口腔改造」理論的提出者，一開始只是為此研發出義嘴。

花了百萬研發出新型口腔手術，而范硯安意外成為了世界第一個經過此手術改造口腔的人，此手術卻造成了特殊的副作用，術後的患者，可以獲得口交加倍的快感，不論是被口交還是口交的人，於是開始在坊間流行……擴散到整個東南亞，短短幾年的時間流行至全世界。

新聞畫面切換，許多的手術器材跟患者臉的畫面，旁分髮型的女主播繼續說道：

顧博士申請專利，成為了身價上億的富豪，他自詡為「口交之神」但卻沒有因此受到崇拜，原因在於顧博士的自大形象以及過度追求利益而遭受撻伐，當年控告人的侵權專利案多達一百多筆，隔年五月被發現陳屍於自家院子，享年四十二歲，隨後部分專利到期，「口交主義」正式開啟，世界各地醫療器材場紛紛投入資金研發。

我看了一眼原本床的位子。

「剛剛那名死掉的人，他就是有動過手術的『鳥嘴人』嗎？」

「嗯，從他突起的下顎就看得出來，很明顯。」

「那爲什麼你們好像早就知道會發生這種事？」

「……」神父默認。

「我看得出來，你在想事情。」

神父露出無奈的微笑，並且說道：

「院長跟我說的，他們說他們是代表傳統的保守派，他們痛恨鳥嘴人。」

腦中繼續浮現新聞專題的畫面聲響。

因爲口交派手術的盛行造成口交的行爲被放大，以至於男同志未動手術的族群對於口交派的誤解以及污名化，造成原本就會口交的男同志反而排斥口交，因此，相對於口交派的「肛交（保守）派」誕生，保守派的人認爲肛交是神聖的、不可侵犯的，同時代表著傳統與保守，認爲是性交的唯一選擇。兩個族群彼此對立，口交派因爲口腔手術的外顯，以及大部分是直接做出侵入式手術，此手術成爲了一種外在的精神象徵與身分地位的炫耀，有錢人會炫耀自己更高階的技術設備，俗稱口交主義。

口交主義對於建築、服飾、文學、電影都造成非常大的影響。

對此，異性戀社會表示「我們尊重不同性向以及多元次文化，他們是需要被關懷的」；崇尚自由、反社會化的口交派並沒有特定領袖，大家都是個體，但是保守派（也就是肛交派）出現了代表性的團體「真愛教會」——自行定義、詮釋聖經，讚揚真實、傳統的同志性行爲。

首領「主教大人」表示性是高尚的，不是像鳥嘴人這樣，可以隨便在大街上就任意口交，造成了性的過度泛濫，以及多重口交伴侶，首領「主教大人」表示，肛交不能氾濫的隨意在任何地方進行，而且需要準備工具，造成了肛交的一種儀式性，以致於有其崇高的意義存在。

對此，異性戀社會表達異議，原因是因爲自從男同志流行新口交，愛滋病感染數大幅的降低（口交也會感染但機率較低），未通過的法案中甚至有補助鳥嘴穿戴裝置的研發，但受到異性戀社會阻止所以並沒有通過補助。

「所以，這一家醫院，就是這個手術的發源地嗎？很多想成爲鳥嘴人的人，都會來這家醫院動手術，對吧？」

神父不回答我的問題。

「所以你們跟那位被尊稱是主教大人的人，沒有關係？」

「我現在還不曉得，但原則上，他們的想法跟我們教會雷同。」神父緩緩地推開窗戶，看了一下窗外的天空。

「教會不都是反同性戀的嗎？」

「我們教會不反對啊，我們新教會是支持同性戀的，但排斥鳥嘴人的行爲。」

我心裡想……所以，你們也只是選擇自己想要的嘛！完全不在乎聖經是反對同性戀的。聽完神父的話，我笑而不答，神父則繼續說話。

「上帝不討厭同志，如果上帝討厭同志的話，不會讓同志可以做愛。」

「有道理。」我乾笑，事實上他說的也不無道理。

「耶穌也曾對聽道者說：『你們又爲何不自己審量什麼是合理的呢？』告訴信徒需要自己思考合理性，性沒有錯，只是性行爲，也是要有道德規範的。鳥嘴人是造成社會動亂的禍害，早就該被禁止。」

「神父，可是他們也沒害到任何人啊，頂多在街上大剌剌的口交，礙眼罷了。」

「你以前就這麼樂觀。」

「以前在一起的時候，你明明也很愛我幫你吹。」

「哪有，呵……對了，你身材怎麼變那麼好？」神父尷尬地笑了一下。

「喔，有在練啊！」我下意識地低頭看自己的凸起的胸肌。

爲了化解尷尬，我立刻換話題：「一個城市發展，不就是看他的色情產業、毒品、黑道的盛行？這是必要的啊。」

「不，不是必要的，那些都是社會的病毒。」神父搖搖頭。

「但是你永遠都沒法根除那些東西。」

「不能根除不代表必須痲痺啊。今天晚上這件事，如果是真愛教會發起的屠殺，那他們就真的……太超過了，我雖然也痛恨鳥嘴人，但我反對暴力行爲……所以，我也要盡我所能保護他們。」

「我有看到前陣子的新聞，在馬來西亞的暴動。」

「對啊，那太離譜了，馬來西亞肛交是犯法的耶！但居然敢主張自己代表宗教讚揚肛交，然後迫害口交主義者。」

「嗯，這家醫院裡有多少鳥嘴人？」

「我晚點會去口腔科查資料，在住院的應該有十幾人。」

「所以你認爲，還會有人被殺？」

「主教大人之前的宣告，就是殺光所有鳥嘴人……這個新聞有報導，恐怕已經開始了。」

我拿起床邊的遙控器，打開電視，某新聞台是油價上漲的新聞，一轉台，就看到全黑的畫面，以及一個細長的十字架符號。

「我們正式宣告，戰爭已經開始。我將親自懲罰危害社會的亂源。」一個低沉的聲音。

回到了新聞主播的畫面：「這是自稱主教大人的保守派首領今早的宣言，也就是勢力龐大的真愛教會，警方已經加派人馬至著名的鳥嘴人聚集地，一百二十八人死亡之馬來西亞暴動事件月前才告一段落，今日早晨接到此宣告錄音檔，電視台高層與警方表示，此錄音檔的真實性極高……從鳥嘴人開始流行時真愛教會即存在，即便有眾多活動，但一直對於領導人的身分保密……」

夜深了，遠方樹林傳來低沉的烏鴉叫聲，迴盪在冰冷的空氣中……我與神父沉默了一下。

「聽說這家醫院的院長，好像也是圈內人。」

「並不是噢，佑平院長他雖然看起來是一個輕浮的美男子，也常被誤會，但他是異性戀，只是，他很崇拜鳥嘴人。」

「有什麼好崇拜的？」我嗤之以鼻。

「主教大人認爲，我們醫院默許……不對，是製造鳥嘴人的行爲，是極大的罪惡。」

從心底油然而生的厭惡感，都是因爲這些鳥嘴人，所以口交的行爲變成了罪惡，本深愛口交的我卻因此遭到前任的誤會，當年鳥嘴人還沒有流行的時候，口交跟肛交都是很正常的性行爲，而我更是熱愛口交，但現在口交卻會被冠上鳥嘴人的污名，上次跟一名正常人做愛時忍不住嘴巴含住對方的重要部位，卻遭到對方推開，然後被罵鳥嘴人，真的讓我覺得很無奈。

「我記得你很喜歡口交。」

「哪有。」

「呵呵……」

「那是當年啊，我才不愛口交呢！嘴巴是吃東西用的。」

「嘴巴是食物的入口，不是性交的場所。」是真愛教會的宣言，相對於這句話有網友回擊：「肛門是大便的出口，不是性交的場所。」我心想，這句話說得真好，爲了讓神父以爲我的立場是偏向教會的，我只好這麼說。有的時候，讓人不清楚自己真正的立場，是爲了消除對方的戒心。

「好啦，很高興看到你。」神父微笑著說。

還是一樣的客套，我並不認爲他很高興看到我，但我是很高興看到他，從他出現後，我看著他的臉，滿腦子都是當年在幫他吹的時候，抬頭看到他滿足的表情重疊畫面，只是……那樣的表情我這輩子都不會再看到了吧。

不只是因爲跟他之間已經結束的關係，更是因爲整個世界的巨大變化，這個世界對於口交的看法改變了。

「小男孩長大了耶。」神父看著我說。

「啊？我？」

「對啊，當年你就是一個小孩子。」

「哪有！」

「啊你現在呢？在做什麼工作？」

事實上，前一陣子我才結束百貨公司內褲專櫃的工作，而且是被資遣的，但這實在不是什麼值得炫耀的事情。

「自由業。」我微笑道。

「真好呢，自由，呵呵。」

自由？也只是說好聽的，沒什麼專長的我，在這個社會，只能一直做重複的工作，每天面對一樣的客人，賣一樣的東西，週末去一樣的夜店，而失去工作後，只好到處說自己是「自由」的，因爲忽然發現自己什麼都不會、什麼事都可以做，所以自由嗎？

「你在教會工作不是也挺不錯？可以接近上帝的工作。」

「只是想多做點好事罷了。」神父回答。

「嗯……」

「好啦，很高興看到你。」神父起身，跟我揮揮手，就離開了。

這個社會變成了什麼我們都沒預料到的樣子？

這個偏激的真愛教會是什麼？引起世界恐慌的保守派教會，對整個同性戀社會影響至深，究竟首領是個怎樣的人？想來想去，答案呼之欲出，很好，口腔深處的蠢蠢欲動跟我心裡想的一樣，只有口交能解決這一切。原因就是，這名首領肯定沒有被口交過，他無法享受口交的樂趣，鳥嘴人有一句口頭禪：「一天試過口交，就永遠回不去。」享受過鳥嘴人的口交行爲，就會無法自拔，也就是說，首領只要享受過真正的口交，肯定就會認同口交行爲，保守派就會因此瓦解……

我想了許久，這樣的結論或許只有我一人想到，而這個任務，似乎也只有我能達成！若能真正的幫保守派首領口交，將他的重要部位含在嘴裡，那將是多麼了不起的事啊！到時候我含的，不是一個生殖器官而已，更會是一個時代的關鍵。雖然我並沒有動鳥嘴人手術，但我相信口交的快感絕對能透過其他的方式傳達。

首先，我要先了解鳥嘴人手術，而正因爲我沒有動手術，所以跟一般人沒兩樣，接下來，得想辦法加入教會……

雖然今晚動盪不安，我還是累得睡著了，迷茫之中一直認爲自己仍舊清醒，直到忽然察覺到有人在床邊，驚醒過來才發現先前早已熟睡。

那是一個神祕的男子。

鳥嘴人 ｜ 24

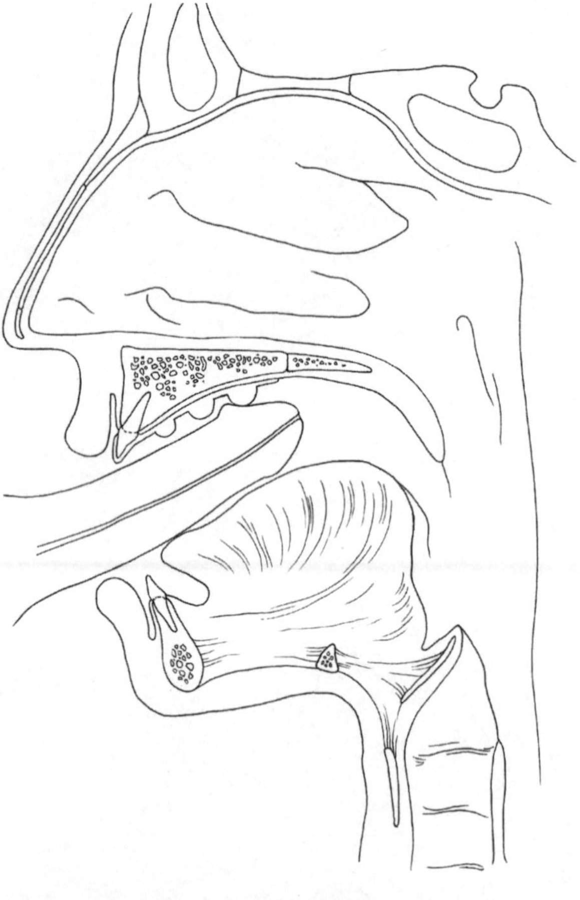

鳥嘴人剖面圖（顧廣毅博士 繪製）

想法源於男性情趣玩具自慰器的設計，通常著眼於其內層表面與陰莖接觸過程中如何產生生理性愉悅，主要是其材質的質地與表面型態紋理的設計。而改造概念，以利用牙醫學技術將口腔內的表面做變化，參考男性自慰器內層的設計，使口腔黏膜的質地跟表面形狀變成可以產生愉悅的凹凸設計，將男性自慰器的設計延伸到陰莖口交過程的應用。

【THE BEAK MAN】

第　二　章

院長室的陌生人

一個身穿袍子的男子，站在床邊，頭低著。

「神父？」我揉揉眼睛。

過了些許時間才看清楚眼前的男子，他戴著紅色的口罩，低頭喃喃自語。

「奉真愛主之名，赦免你的罪……」他左手搭著我的肩，溫柔而低沉的嗓音喚道。

「嗯？」我還弄不清楚狀況，他的右手舉高，緊握著一把刀，用力地往我的胸口處刺下。

我奮力迴避，刀刺入我腋下的空間，我下意識用手握住他拿刀的手，瞬間我的喉嚨被掐住，發不出任何聲音，整個病房是黑的，我看不清楚他的臉，他試圖撥開我的手，我整個身體跳起來，往他的身體撞過去。白色棉被掀起來，隨著我的身體推倒了他，蓋住他整個人，我往後跌坐在地上。

「主教大人……就要來了……」男子用沙啞的嗓音說道。

抬頭一看，他順著往後跌的反作用力，往前一躍，越過床趴在我身上，我這才發出聲音大叫，我往後爬，他抓住我的腳踝，膝蓋用力壓住我的腿，然後雙手緊掐住我的脖子……

這間醫院都沒有人了嗎？這個時間沒有人注意到我嗎？我就要這樣死掉了嗎？

門口傳來跑步聲，紅色口罩男子在我耳邊呢喃：「神……不會……原諒你的。」然後逃走了，我用力地喘著氣。

「你沒事吧！」神父的聲音傳來。

「沒事……」

神父將我扶起來，我又閉上了雙眼，陷入了黑暗的深淵之中。

過了些許時間，也不知道多久，我又再度張開眼睛，意識還是很不清楚。

「你醒了。」

男護士小羅幫我插針，吊上點滴，他的眼神跟我對到，微笑了一下，我心裡想，小羅或許也是同志也不一定，他看我的眼神，似乎也想說些什麼，不過神父在場，也不方便多聊什麼，隨後小羅離開病房，我才對神父開口：

「嗯……有抓到他嗎？」

「抓到誰？」

「那個男子啊，他戴著紅色口罩。」

「我有看到一個人急忙從這裡離開，我以爲是護士去叫人。」

「啊？不是。」

「我一進來就看到你躺在地上，嚇死我了！」

「喔……然後呢？」

「然後你就暈過去了，剛剛那名男護士跑過來，替你做了些檢查，沒什麼大礙，只是血壓偏高，我就自願在這裡照顧你，所以，你到底怎麼了？」

「我差點被殺。」我語重心長地說。

「什麼？真的假的？」神父露出緊張的神情，並抓住我的肩膀。

「嗯，一個戴著紅色口罩的人，我看不清楚他的長相。」

「爲什麼要殺你？」

我指了指臉上的紗布。

神父這才恍然大悟：「他以爲你是……鳥嘴人？」

「應該是。」

「抱歉，剛剛才死一個人，我剛剛在詢問那死者的情況，哎，我應該要注意的！」

「沒關係……我又沒死。」我無奈地說。

「那個男子，應該就是殺死隔壁床的兇手吧？」

「也只有這個可能了，應該是真愛教會的人，他以爲我是鳥嘴人。」

雖然差一點被殺，但心裡卻因爲跟神父有多些的對話，以及造成他的自責，感到些許的欣慰，但腦中忽然浮現，那個殺我的神祕男子，是神父派來的可能性究竟有多高？

時間點也過於巧合，而且這家醫院雖然老舊，開放式的建築也讓所有人能自由進出，但我認爲是外來者的可能性較低，反而更可能是醫院內部的人，這個時間，進出醫院都很容易受到注意，尤其這家醫院的位置偏僻，爲了殺人計畫而上山，也得有好的藏身之處，或是好的逃脫路線，除非，神祕男子就是住在醫院，或是，隔壁的教堂。

想到這裡，我不禁全身顫慄。

我的前男友，我打從心底不希望是你，但不是沒有這個可能，我必須想辦法試探——要怎麼問會比較好呢？

「神父，你剛剛在做什麼？」我露出淺淺的微笑。

如果他的關心跟自責是裝出來的，他的目的是什麼？想把我趕出醫院？

「我剛剛在辦公室，跟護理長開會。」

「是噢，開什麼會啊？」

「討論那名死者的事。」

立刻就回答了，頗像已經準備好的答案。

常聽人說，說謊的人因爲答案早就準備好，所以可以很快地回答。

畢竟我也無法向護理長求證其正確性。

「我是覺得，這是給你的警告。」

「什麼警告？」

「或許你該早點辦理出院。」

「爲何？而且可不可以出院不是我能控制的吧！」

「既然你在這裡有危險了，就該早點離開。」

「……」

有時候會猶豫且回答不出來的人才是無意說謊的，而這些答案他當然可以不用告訴我，畢竟我是個局外人，還是他察覺了我的懷疑，爲了消除我的戒心才回答？

「怎麼了？」他露出了關心的表情。

這時候還在問怎麼了，應該看得出來我在懷疑他吧？一邊回答我的猜忌，一邊還裝沒事，神父也真是高招。

「不要懷疑我，有什麼話就說吧！」

「被你看出來了啊！」我笑了。

「我不會做這種事的，好嗎？你只是因爲剛剛經歷那樣的事，所以現在還在害怕，但你不需要害怕了，你可以相信我，如果你不相信我，那請你相信我不會背叛主。」神父緊握胸口的十字架。

即便剛剛攻擊我的人不是神父，也有可能是神父的同夥。或許真愛教會跟神父所屬的教會有關係也不一定，但，如果他要殺我，應該有更多時間可以下手，況且我現在找不到我死了對他有任何好處，真的是真愛教會的人派來的吧？更或許，這名兇手就藏在醫院裡，等著時機到來對其他的鳥嘴人下手。

「不管怎樣，那個人很有可能是真愛教會的信徒。」

「那爲何你們不加強人看守，或是直接報警？」

「在我們還不確定真的是被保守派教會攻擊前，不能輕舉妄動啊！」

「爲何？我差點死掉耶！」

「那是我們的疏失，真的很抱歉。」

「我懂了……」

「嗯？」

「你們兩邊都不能得罪。」

「也不是這樣說。」

「身爲教會的一份子，也是一家宗教建立的醫院，卻接納違背旨意的鳥嘴人，你們也很頭痛吧，這完完全全是矛盾的事情啊！」

「嗯……」神父眉頭深鎖。

「院長反而是支持、崇拜鳥嘴人，讓你們很頭痛吧？要不，真愛教會跟你們教會也有關係，所以你們默許他們的屠殺。」

「不，我們排斥真愛教會極端的做法，我們教會甚至進行了一次大整頓，剔除所有可能跟真愛教會有關的人士，目的就是爲了保護鳥嘴人！但這次的事件我們不能隨便找警察。在國外發生的暴動你也曉得，據說警方默許真愛教會對鳥嘴人的極端攻擊，有傳言警方跟真愛教會有不可分的密切關係，所以我們不能輕易的報警，狀況不見得會變好，我們現在只能透過我們教會的力量！所以，事情不是你想的那麼單純。」

我張大了嘴巴：

「難道像今天發生的事情，我只能默許？」

「在我們找到確切證據前不能有大動作，只能等到真相出現，然後透過媒體、以及輿論的壓力，否則，我們不能拿警方怎樣。」

「那……關於真愛教會，你知道什麼？」我立刻切入主題，神父絕對可以幫助我進入教會。

「那是一個極爲神祕的組織，沒有人知道怎麼加入，沒有人知道主教大人的身分，主教大人透過網路散播教義，你想想，全世界都有此組織的人在進行極端的行動，絕對不是你我可以輕易了解的，背後一定有更大的力量在支撐著，所有的一切都需要資源，不是表面上那麼簡單的。」

「聽起來你也只是想保護醫院嘛！」我不地的說。

「我是想保護你！」

「你怕事情鬧大，醫院的名聲就毀了吧？還是不敢讓全世界的人知道，這裡就是鳥嘴人的起源地？」

「你仔細想想，如果整個社會都知道我們醫院的事情，就是叫真愛教會的人來殺我們啊！這樣我怎麼保護其他人的安全？我們見機行事，我跟你保證你的安全，直到你出院。」

「希望你的主，會保護我們。」我冷冷地說，特別加重「主」這個字。

「唉……」神父感慨地嘆氣。

我背對神父。

「你覺得，主教大人現在在哪裡？」

「你可以幫我一個忙嗎？」神父不理會我的問題，若無其事的提出要求。

「我要你幫我取得一個資料。」

「啊？」

「因爲我太顯眼了，整個醫院的人都認識我，我需要你幫忙。」

「什麼資料？」

「一個患者的資料，就放在院長室，我要瞭解那個患者當年究竟是誰動的刀。」

「患者？誰？」

「那不重要，一個已經死掉的人。」

「然後？」

神父從口袋拿出一把鑰匙。

「我現在不能跟你講太多，是一個對我很重要的人，他在這家醫院動鳥嘴人手術，下顎開刀，但是我怎麼找都找不到資料，所有地方都問過了，也都找遍了，只有一個地方的資料室我進不去，就是院長室。」

「可是……」

「我用關係拿到院長室的鑰匙，可是整個醫院的人都認識我，太顯眼了，既然沒有人認識你，或許只有你能幫我！這肯定是主的安排！」

「好像滿刺激的，哈哈！」我接過鑰匙。

「謝謝你，你都沒變。」

沒變？爲何我必須改變？整個世界都在變，我都不記得以前的自己是什麼樣子了？我每天上班，每天下班，每天找餐廳吃飯，每天累得半死還是逼自己去健身房，每天做著重複運動，然後上網看看留言。週末，打開手機約一個連名字都記不得的人口交、口交、口交、口交，在廁所、在辦公室、在床上、在陽台。

是的，這就是我怎樣都想不起來的日子。

「爲什麼你住院沒有家人來？你爸媽呢？」

「他們不在台北，而且我不想麻煩他們。」

「最好還是家人來照顧比較好。」

「我有你啊。」我微笑。

「好啦，剛剛說的資料就放在院長室裡面的櫃子裡，就麻煩你幫我這個忙了。」

此時小羅走了進來，我神速地將鑰匙藏起來。

「不好意思，幫你量一下血壓。」小羅微笑著，神父看了一下我跟小羅，對我點點頭。

「你還有需要什麼嗎？」神父站起身。

「沒了，謝謝你。」

神父隨後離開了病房。

小羅走過來，一邊幫我量血壓，一邊低頭不經意的提問。

「你跟神父是本來就認識嗎？」

「嗯啊……」

小羅看著我的手臂，說：「你的手臂也太粗了，很常去健身？」

「對啊。待在這裡都要悶死我了，一天不健身就覺得怪。」

我邊說邊揮動我的手臂，展示我健身的成果。

似乎很習慣別人用我的身材開啓話題，畢竟這也是我健身的理由之一。即便很多人說我膚淺什麼的，但這是別人看到我的第一件事，接下來我才能獲得其他的東西。

「對了，那個人是怎麼死的？」我指了指旁邊的空床。

「聽護理長說，好像是被注射一種神經毒素，在死後也會勃起四小時，我偷偷跟你講的喫，不要跟別人講！」

「喔，好！」

小羅一邊忙，一邊說話：「我們醫院很偏僻，很少會有身材那麼好的病患，所以你一進來我們護士們都瘋了。」

小羅露出了孩童般天真的微笑。

「哈哈，哪那麼誇張啦！」

「真的啊，詢問度超高！不過，後來看到你跟神父……大家都心碎了，哈哈哈。」

「我們只是朋友啊。」

「騙人——」

「真的啦！」

「可是你們看對方眼神很曖昧耶！」

「那是因爲我們以前在一起過，他是我前任啦！應該說是前前前任。」

「哇——你也真的很吃得開。因爲神父老是在講他們天主教的事，都不知道他也會交男友，哈哈。」

「他也是人啊！」我笑著回答。

「神父耶！受人尊敬的帥神父！」

「帥神父，哈哈，他有很受歡迎嗎？」

「當然！神父耶！多麼讓人遐想的身分啊！而且他又那麼帥！我們都想被神父玷污呢！不過這裡只有你用過！」

「哈哈，是不錯啦，滿好用的！」我笑著說，語氣帶點炫耀意味。

「哎唷！」

當初我們在一起的時候，我大學剛畢業。

自己的狀態當時也不是很好，土木系畢業又不想念相關研究所，就找個離家遠的工作，藉口來台北租房子，在書店工作了兩年。我喜歡看書，但卻少看，因爲同樣一頁我得反覆看過很多次，看到下一頁又忍不住往回翻，所以一本書都要看很久。

而週末，就在家正樓下的便利商店上大夜班，對我來說，日子過得很開心，剛開始也交了一個學生男友，雖然後來學生男友愛上別人，但現在似乎也不那麼在意了，因爲我當時立刻就交到新男友。

這個故事很老套，可能很多人都有類似的經驗，但人生就是如此，無法避免與人家重覆，就在這一成不變的日子裡，我跟一個熱愛改變的人交往，就是現在的神父。

那是四年前一段很開心的日子。

「而且，神父是個很孝順的人！」

「怎麼說？」

「他媽媽中風，他立刻把媽媽接到這家醫院來，每天都去照顧她，我們同事大家看了都很感動。」

「是噢？在哪裡啊？」

「就住在樓下的病房，怎了，想去看看丈母娘啊？」

「呵呵，沒有啦，那他媽媽現在狀況怎麼樣？」

「老實說……」小羅虛聲聲說話：「老實說，狀況沒有很好，都已經住了很久了。」

「喔……」

我變換一下語氣，試圖換個話題。

「聽說你們院長很崇拜鳥嘴人。」我問小羅。

「嗯？對啊！」小羅原本正要起身離開，一聽到我開啓新話題，又坐了下來。

「那他幹嘛不做手術啊？」

「他的身分是院長，不方便做吧，而且院長身邊常會有一個男秘書，就是一個鳥嘴人。」

「是噢？」

「我們都說他是院長養的鳥，長得很帥耶，因爲手臂上有刺青，我們都叫他刺青哥。」

「刺青哥，嗯，感覺就是很常幫院長吹。」

「噓！不要講那麼大聲！你我知道就好。」小羅一邊瞪我，一邊站起身，離開病房。

小羅走到門口，手扶著門框，回過頭來對我說話：

「我們都很期待你能加入。」

「嗯？」

「我看到了噢，你剛剛在幫你隔壁床的口交，好吃嗎？」

我心頭一驚。

「『你們』是？」

「哈哈哈，還裝傻，真可愛！」他露出戲謔的笑容，還抱了我一下。

「可是，你看起來不像鳥嘴人。」我疑惑的說。

小羅將頭往上抬，嘴巴張大，露出了牙齒後面的上顎部分，跟一般人的嘴巴內部構造很不一樣，有很多無數的突起物。

「我只做了一半的手術啊，這樣方便我當招募，你來我們醫院也是這個目的吧？想加入我們。」

「嗯……」我微笑而不答，這當然不是我的目的，但我對這一切的好奇心高漲了起來。

「你被送來醫院我們就開始注意你了，要加入很簡單，要有入場券。」

「入場券？」

「對啊，很簡單，就是你要有一件跟鳥嘴人有關的物品，等你拿到後來找我。」

「這是測驗嗎？」

「加油噢，我們都很期待你能加入我們，通過測驗後會幫你安排手術。」

我是不想做手術啦，我不喜歡，但是這一切的神祕完完全全激起我的鬥志，或許先加入看看，肯定能獲取我想要的資訊。

「好……我會試試看的！」

「我個人很期待噢！」小羅一邊說一邊握住自己的下體，眼睛看了一下自己的下半身隨後盯著我。

小羅的手插進自己的褲頭，將外褲跟內褲順勢慢慢的拉下來，露出了下體的重要部位，那部分整體的尺寸很大，圓而飽滿的龜頭跟粗肥的陰莖，比起他其他部分的皮膚稍微黝黑了一點，雖然沒有勃起但血管卻清晰可見，他輕輕地握住，看著我並且舔了一下嘴唇。

「等你完成手術後，我一定要你幫我吹。」

我止不住吞口水的動作，他完了，完完全全激起我的慾望。

小羅對我笑了一下，就轉身離開了。

就這麼巧，我才剛拿到院長室的鑰匙，而裡面肯定有跟鳥嘴人有關的東西。趁小羅離開片刻後，我將手上的點滴針拔起，從病床上起身，穿上外套後，輕步地離開了病房。

回想起剛剛小羅穿的內褲，在他拉下褲子的時候看到褲頭，因爲之前在內褲品牌工作的關係，很習慣會去注意人家的褲頭，暗自猜想是哪一個品牌。

小羅穿的內褲正是我之前工作的品牌，心中不禁對這小小的巧合感到開心，不過同時也因自己對這種小事雀躍而感到些許可悲。

若小羅有來專櫃跟我買過內褲，我應該不會不記得吧？

走廊空蕩蕩的，除了遠方護理長說話的聲音以及些微的腳步聲，一切靜默。腳步聲此起彼落，顯得我的腳步聲不那麼唐突。

穿過長廊、樓梯，如果遇到人，就面無表情，直率地經過，裝作若無其事的樣子，遇到黑暗無人走廊就用奔跑的，此時，口袋裡的電話聲響起，我很迅速地接起來。

「喂?你跑去哪啦？」

「神父？」

「我才剛去買宵夜給你吃，怎麼人就不見了？」聽起來神父人在我的病房。

「神父你怎麼會有我電話？」

「幹，你的電話我當年就背起來啦！」

跟神父說話的同時，我的眼角餘光，瞥見在室外樹下的長椅上，有兩個年輕男子，一個正跪著在幫另一個人口交。

被口交的男子，臉型偏圓，有著一個很可愛的笑容，閉著雙眼，一副非常享受的樣子。

忽然有點羨慕那兩個人，就這樣大剌剌的，在公開場合口交，也不怕被看到。

我繼續跟神父說話。「還記得我的電話噢，好感人。」

「你跑去哪啦？快回來，我幫你買了宵夜。」

「我正在往院長室的路上。」

「……那麼快！」

「那個病患叫什麼名字？」

「叫……姜皓文。」

我另有打算，院長是一個崇拜鳥嘴人的醫師，院長室裡面一定有鳥嘴人相關的物品，事實上要取得類似的東西肯定很多，但是我要拿，就要到他們刮目相看的等級，所以我要去院長室找，找很厲害的東西，這也是我更進一步了解鳥嘴人文化的機會。

然後，也同時要幫神父找到病患姜皓文的資料。

「喔，好啦等我一下。」我立刻掛斷。

掛上電話，不禁又把手機反覆拿出來，確認已經斷線才心安，多次按著手機螢幕確認已經掛好，強迫反覆檢查的舉動可以讓自己平穩下來，免得一直去想到底有沒有掛好。

這個時間，院長室一定沒人。我穿過住院樓與行政大樓間的通道，邊前進邊不自覺的數了日光燈管的數量，無法控制的數著：「一——二——三——」來到了院長室的門口，是第三十一根日光燈管。

院長室就在這棟口腔科的建築一樓，這棟建築跟病院大樓一樣，是殖民時就留下來的日式建築，同樣是木造混搭水泥，外觀上與一般灰泥粉刷不同，平瓦黑色的質地錯落白色的灰泥部分，帶有花俏的裝飾感，已經脫離純粹的日式的刻板建築，灰泥只是在原本木造的骨架外疊砌，被稱爲「木骨泥造」，整體給人感受極爲承重，昏暗感也給了我些許的視覺壓力。

即便脫離了日本殖民已經超過一百五十年，整個國家還是充滿著日本的影子。

我也是一樣，常常被人說，我有「誰」的影子。

拿起鑰匙，對著院長室的門，比了一下大小，把最長的鑰匙插入，轉開了。

我立刻迅速的走進去，然後把門反鎖，室內微微的光亮是從百葉窗照射進來的，走廊的燈光也透過門縫滲透進室內，我屏息住呼吸，眼睛用力的緊閉，試圖快點適應這裡面的昏暗。

我又回頭將門鎖檢查一次，確定已經鎖好，又將鎖打開，看了一下門外，再鎖一次，這次真的確認已經鎖好。

其他四把鑰匙究竟是哪裡的門鎖？我已經沒空去想，此時電話響起，是神父打來的，我立刻掛斷。我看著發亮的銀幕，通訊軟體上的文字寫道：

你要小心。

院長室很大，水泥色的牆有一股冷清感，一進門是會客用的兩張皮沙發，沙發後面是雜亂的辦公桌。

這裡，肯定有些什麼東西！肯定有很關鍵的物品！關於鳥嘴人！究竟鳥嘴人是什麼？在這裡一定有答案！

在辦公桌的後面有一個很高的櫃子，我試了另外一把小鑰匙打開後，看到一些書籍文件，以及一些牙齒模型，我打開了一座模型的上下顎，裡面有一些看起來詭異的突起物，就跟小羅的嘴巴內部很類似。

下方抽屜有一整疊的病患資料單，粗糙的紙感顯示這些資料都有一定的年限了。

「姜皓文……」

這些資料都是用號碼來分類，根本無法查詢，肯定都是有特殊原因所以沒有將資料輸入電腦檔案裡。

此時，外邊走廊傳來了腳步聲，而且不止一個人的腳步聲，我蹲下，躲在辦公桌後面，希望腳步聲只是經過此處，但好死不死，腳步聲停在門口。

我睜大雙眼，手摀住自己的嘴，試圖將呼吸聲音都遮住，是院長來了嗎？門把被轉動，一名男子走了進來。

我心中想著：「神經病！反覆檢查門鎖有啥用！院長有鑰匙啊！」

「你等我一下。」男子對門外另外一個男子說。

燈亮了。

我被突如其來的光線嚇到，刺眼的光讓我不能適應，只希望院長是拿個東西就離開，千萬不要到辦公桌的這一側，我蹲著發抖。

這個貌似院長的男子靠近，在旁邊的櫃子尋找某個東西。

被發現會怎樣呢？我不禁這樣想。額頭上的汗順著太陽穴滑落。

我蹲在桌子的後面，這個院長室有兩個隔間，第二個空間隔著一半的牆壁，只要越過這個牆壁，就可以躲在後面的第二空間了，如果還繼續蹲在這裡，很有可能這個「應該是院長」

的男子往這裡走，我就會曝光。

於是我用極慢的速度往後爬，手指按壓地板試圖減少自己發抖的摩擦聲。

「你在幹嘛？」嚴厲的聲音，嚇到了我。

我差點回頭要道歉，但我還是維持趴著的姿勢，沒有轉身的勇氣。

「我……我……」我聲音微小而顫抖，還在不知道怎麼解釋的時候，又聽到他的聲音在我背後傳來。

「不是說今天就要？」

我發抖的身體，繼續往前爬，原來，他是在講電話，並不是在跟我說話，一切都是我自己嚇到自己。

我成功地爬到了隔間，隔間遮住了我全身，使得我可以蹲起身。

在身旁的書櫃最下的隔層，放著一堆紙，引起我注意的是一張老舊的藍曬圖，在一堆白色的文件中顯得特別引人注目，而且根據紙邊緣的破損程度，可以感覺到是一張有歷史的紙。

我環顧四周，沒有我可以利用的東西，就算我人被發現了，也毫無立場反駁，既然如此，那就繼續追查吧！任何引起我注意的東西，任何，只要引起我的好奇，都有可能是重要的物件，現在我已經是豁出去的狀態了。

於是我立刻抽出那張藍色的紙，輕輕的，那男子在不到兩公尺遠的地方，正在翻箱倒櫃，還走到了我剛剛藏身的桌子後面，好在我已經離開該處。

很明顯我拿到的是一張院長室的平面圖，因爲我現在正處在院長室，所以，我立刻察覺到這是院長室沒錯。事情常常會這樣發生，當你覺得某個東西不對勁的時候，它絕對會有些什麼不對的東西回應你，印象中，好像叫做墨菲定律。

果不其然，這張紙上面，很明顯的，院長室被劃分成兩大空間，不過空間的形狀很不一樣，第一個空間「入口處」應該是一個完整的正方形，可是依據剛剛的經驗，入口處是一個長方形空間，比圖上小很多，我很敏感的感覺到這個空間被更動過，立刻拿出手機，悄悄地拍了張照片，便將圖放回原處。

過了些許時間，燈暗了，腳步聲越來越小，我再度聽到開門聲。

鬆了一口氣的我，緩緩地站起身，結果一回頭，院長站在門口瞪著我。

「你是誰？」

我嚇了一大跳，燈立刻被他打開，原來我中計了，院長早就發現我了。

院長身穿白袍，戴著眼鏡，些許的瀏海、不高的身高讓外表看起來很年輕。

「我……」

「你呼吸聲那麼大，我一進來就發現了。」

院長看了一下我嘴上的傷口，露出了淺淺的微笑，或許，他把我當成了鳥嘴人，好，我可以利用這一點。

不然我現在沒有任何退路可以走。

「我……對不起……我聽說這家醫院可以做鳥嘴手術，我以爲這裡是鳥嘴人展覽室呢！」

「每一家醫院都可以做啊。而且你怎麼進來的？」

「門沒鎖啊。我想說很刺激就跑來探險……」我似笑非笑。

「我要開除我的秘書，居然沒鎖好門……不過，看你穿的，你是我們醫院的病患嗎？」

「對。」

「哎，除非先天上的缺陷，健保才有給付，否則就要自費，一般人可負擔不起。」

「你是院長吧？院長先生，您覺得口交有錯嗎？」

他露出了曖昧的眼神，眼睛瞇起來端視我。

「口交當然沒有錯，只是鳥嘴人被污名化了。」看著院長細長的眼睛，我猜不透。

「院長應該很喜歡被吹吧？」我故作興奮地問。

「喜不喜歡又怎樣呢？何必去管別人的事。」院長露出感慨的微笑，氣氛稍微緩和了下來。

「我是熱愛口交的人，可是現在無法自由地幫人吹，除非我自己也成爲鳥嘴人，院長知道我該去哪裡詢問相關的事？」

「你可以等明天去問櫃枱，而不是跑來我這院長室。還有，你們到底把醫療當什麼了？醫療可不是讓你用來享樂的。」院長露出嚴肅的表情。

「院長可以幫我看一下傷口嗎？」我對他散發求助的眼神。

院長安靜，我當他是默認，繼續說話。

我越來越靠近院長，院長比我矮一些，我低頭望著他。

我的手緩緩的摸著院長的身體，挑逗著他。

他似乎沒有抵抗。

或許他看到我嘴上的傷口，也將我視爲是一名鳥嘴人。

而我的身材絕對是有吸引力的，這是我最引以爲傲的地方，就算聽人家說院長並非同性戀，但我相信好的身材還是對觀感有差的。

隨後我順勢跪了下來，嘴巴繼續張開慢慢地滑過他的身體，如果真如謠言所說，院長是個很喜歡被口交的人，那我這個動作的暗示應該會讓他很興奮。

我抬頭看著他，院長面無表情地低頭看著我。

忽然院長用力地按住我的頭，將我的嘴頂住他的下體，我可以感受到瞬間他的重要部位從軟變硬的那一刻，這也是我最享受的一個時刻。

只能用這一招了，我也享受利用自己外在的優點來引誘別人，甚至能幫別人口交，否則，我很難全身而退，當然另一方面，我也止不住想幫人口交的慾望。

我將院長的褲子用力地扯到膝蓋，嘴巴湊上去，雙手扳住他的雙臀，用力地吸吮，他的那部位的尺寸雖然不算大，但微微上彎硬挺，還算是順口。

感受到口袋裡的手機震動，規律的震一下、震一下、震一下……

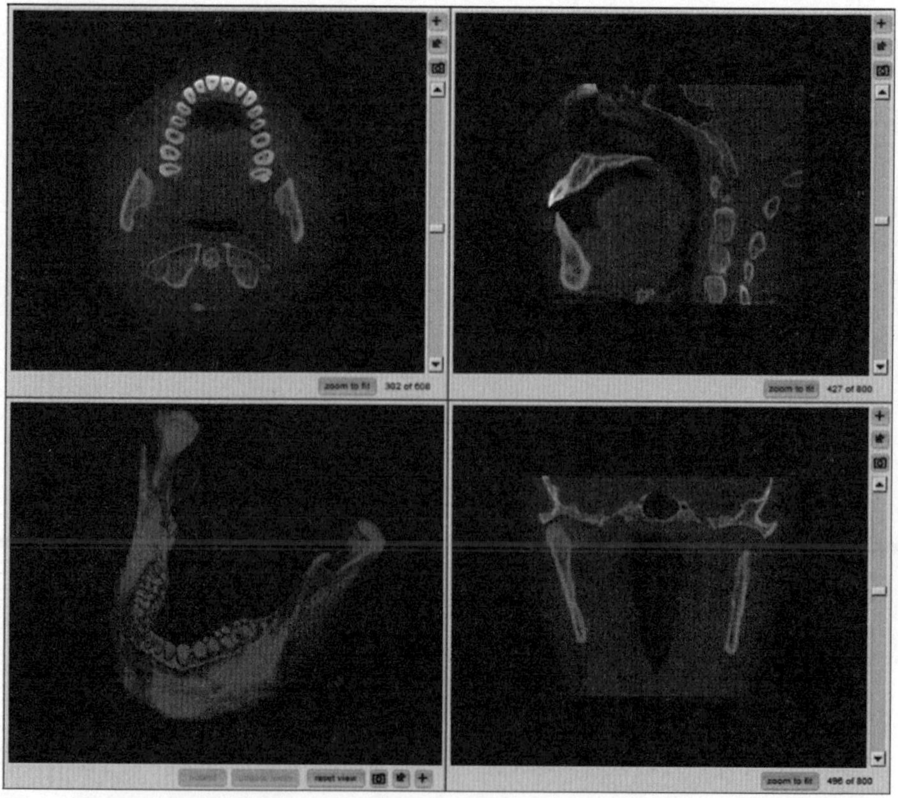

由電腦斷層掃描影像建立電腦 3D 立體模型製作過程

使用模型手術（Model Surgery）的方式，在模型上進行這個新的實驗。首先利用電腦斷層掃描（Computed Tomography）得到顱骨的影像，藉由 2D 影像在電腦中建出頭顱的 3D 立體模型，利用電腦中的模型去預估真實手術的切割位置。

【THE BEAK MAN】

第三章

怪獸

病房裡空無一人，我四處張望，桌上擺著一碗豆花，旁邊還有一杯奶茶。沒看見神父的身影，我將吸管插入奶茶口，吸了幾口放回桌上，奶茶的瓶身布滿水珠，還是冰的。

「小顧，怎麼那麼久，資料有找到嗎？」神父走進病房，一邊吸著飲料。

「我遇到院長了。」

「什麼？」神父驚訝地回答，隨手將飲料放在桌上。

我回到了病房，神父坐在床邊等我，他急切地問：

「那院長怎麼反應？然後你有找到姜皓文的病歷嗎？」神父急切地問。

「你放心，院長反應不大……」

「他沒生氣或是報警吧？」

「放心，沒有，就算報警，我也不會把你抖出來的！」我對神父眨了一下眼。

神父只是對我笑笑，還沒有解除緊張的表情，不回話的他，似乎在等我自己主動說明情況。

「我根本來不及找姜皓文的資料，我只好跟他說，我去拿回我爸的遺物。」

「你爸？」神父疑惑地問。

「我姓顧，你忘了嗎？」我現在還不能跟他說我幫院長口交的事。

「我只記得你爸很早就跟你媽離婚了……你姓顧……啊！」

「對，我爸就是顧廣毅。」

「啊？」

「我只是一直沒說我爸是誰而已，我爸顧廣毅就是研發這個手術的人，小時候，大概國小的時候吧，有一天……睡夢中我忽然感受到下體被溫熱的東西包覆，你猜，發生什麼事？」

「什麼事？」

我換了口氣，娓娓道來。

「是我爸在幫我吹，我爸拿我當研究的對象，所以，他戴上模擬鳥嘴人的器材，幫我吹。」

「……」神父無言，睜大雙眼盯著我看。

「對啊，聽起來是很可怕，不過，當時的我還不完全清楚發生什麼事，但覺得很爽。」

神父露出不可置信的表情看我，我不顧他略帶鄙視的神情繼續說話：

「是啊，很爽，我立刻就射出來了。」

「真的假的啦，後來呢？」

「後來被我媽撞見，我媽瘋了，當下就把我爸的東西都丟出去，那是我十歲的事。」

「也難怪會離婚了，發生這種事。」神父感慨地說。

「對啊，當下我剛射完，也還沒清醒，根本搞不懂發生什麼事了。」

「所以你跑去院長室，因爲裡面有你爸的東西？」

「我爸當初的研究資料應該都被前任院長留下，我是去找那些遺物，我家裡已經完全沒有我爸的東西。」

「那你有找到什麼嗎？」

「我有看到一些文件跟儀器，但似乎沒有特別重要的東西。」

「你剛剛說你遇到院長……」

「對啊，被他撞見，我就跟他說我的來歷，他也諒解，就放我回來了。」

我完全不敢跟神父說後來還幫院長口交的事，當然也沒說我受到鳥嘴人招募的事情。

大年神父是一個很愛責備人的人，但這不會讓人討厭他，在團體裡，他永遠是最受歡迎的那個人，他可以侃侃而談事情的對錯，在醫學院裡，常常被人群圍繞的中心就是他。就算表面上常常只是露出微笑的招牌表情，但心裡卻常有一千個指責與挑剔，不說出口並不代表他同意，他總是有一套說辭，並可以對所有的事都下結論。他平時不亂發脾氣，但生氣都有非常正當。足以說服所有人的理由，所以也很難反駁他，雖然不服氣，但還是默認他的優秀。

這個世界就是有這種人，生來就是爲了氣你，讓你見識到，沒錯，這個世界就是有人比你優秀，更氣的是，這種人家裡都比你有錢得多。

他是個很懂我的人，至少比起前幾任來說都是如此，他的聰明才智，加上他的俊俏外表，讓我度過了一段特別的時光。

事實上，真的很感激現在此時此刻的我們，有這樣的時間跟空間可以對談，聊同一個話題，當年晚上聊到隔天早上的日子，是那麼遙遠。那麼多年來，我們沒有說過半句話，曾經很愛彼此，也曾經怨懟彼此。

但現在的狀態絕對是好的，我們終於有了共同的話題。

「大年，你看這張圖。」我打開手機，指著剛剛拍的圖。

「這是？」

「這是院長室的平面圖，在這平面圖上，院長室確實被劃分成兩個空間，可是……」

「形狀不太一樣。」

「沒錯。」

跟聰明人說話真好，不用多說兩句對方就立刻懂我。

「這個……」

「院長室的一進門的空間，就這張舊制的平面圖來說，是正方形的，但我剛剛看卻是長方形……」

「那是爲什麼？」

「實際上的空間，比圖上的空間少，所以，格局有可能有變動過，目的是爲了隱藏裡面的空間。」我斬釘截鐵地說。

「是密室嗎？」

「平面圖上顯示，應該還有更大的空間才對，院長一定有隱藏的空間，而且你看這個格子。」

「格子？」神父將手機的畫面放大。

「這裡。」我指了一下。

「啊！這是樓梯！」

「對，沒錯，這是樓梯，所以院長室很有可能有一個地下室的通道。」

「可是也沒什麼機會進去查了啊，而且，你又被院長發現擅闖院長室。」

「哎……也是，我也太晚發現這個密室了，可惡，裡面一定有鳥嘴人的資訊。」

「沒關係，關於院長室，你是不可能再去了。我給你看一些真愛教會的資訊，這是真愛教會的網站，他們全球的抗議活動都在這裡有紀錄。」神父拿手機給我看。

「嗯。」

「他們似乎是透過網路在對全球信徒下達指令。」

「但我記得他們都只是做一些抗議舉牌的活動，爲何這一年來發生很多恐怖攻擊？」

「應該是人數一多，無法控制那些比較偏激的人，人類社會一直在重覆這樣的事啊，人類都罪孽深重，還好有主。」

「以前你還沒信教的時候，還比較好相處咧，不會開口閉口就是主。」

「那是因爲當時我還沒感受到主的奇蹟。」

「是噢，那祂給你什麼奇蹟？」

「我不跟你爭論這些東西，我們接下來是要阻止這個主教大人。」

「剛剛那個死在我旁邊的人呢？因爲他沒信主嗎？」

「呵呵，我現在不想回答你。」神父用笑容掩飾自己的不滿。可以感受到，神父對於自己的信仰重視度，他認爲自己的想法是對的，因爲信仰是正確的選擇，所以無法容忍諷刺他信仰的話語。

我也立刻後悔那些脫口而出的嘲弄話語。

「好吧，那今晚的事件呢？在網站上面有什麼動靜嗎？」

「沒有，不過很多人在討論我們國家的醫療體系，很多家醫院都被抗議人士攻擊過，但這家醫院目前還沒發生過類似事件。」

「可是卻開始死人，不對，這個人是第一人嗎？還是之前也有鳥嘴人被殺，卻被你們院方擋下？」

「小顧，我跟你保證，他是第一個。」

「好啦，大年，我相信你，那我們現在該怎麼辦？」

「攻擊你的男人，應該還在這家醫院裡，就是這醫院裡面的人。」

「嗯，也只有這個可能，這家醫院裡有真愛教會的人。」我感慨地說。

「不能等到他們有動作吧？」神父來回踱步。

「一定會有蛛絲馬跡的，到時候……希望能讓主教大人曝光。」

一定要想辦法找到主教大人，我才能完成我幫主教大人口交的計劃。

「老實說，我甚至覺得這個自稱是主教大人的人，不見得是真愛教會真正的首領。」

「喔？」

「對啊，首領、創辦人，不可能真的自己行動吧？或許這個主教大人只是他派來的代表。」

「也有這個可能。」

「但這個主教大人，已經在網路上發表很多反鳥嘴人的言論，隸屬於廣大的真愛教會裡，運用同樣的教義。聖經也是，各家教會、浸信會都有自己一套解讀聖經的方式，卻沒有人知道他的真實身分？」

看來主教大人有一定的影響力，或許已經主導過很多恐怖攻擊，想到這裡，不禁讓我好奇，到底主教大人是一個怎樣的人？萬一主教大人是一個女人呢？也不是沒有這個可能，那我就無法幫她口交了，會不會是一個憤世嫉俗的女人，因爲嫉妒男同志可以當鳥嘴人；也有聽說女人做這個手術，是爲了幫男人口交，不過在這件事上男性跟女性有根本上的差異就是了。

我心中偷偷浮現了護理長的臉，還有她手上那個金色的詭異戒指。

「對了，你都沒有跟我說你媽的事情。」

「啊？你從哪聽到的。」

「抱歉，我不是故意偷聽的，是有護士提到。」

「是啊，我不想張揚這件事，不過整個醫院裡的人都知道的，但，你以爲他們會很諒解我的狀況……可是……」

「可是什麼？」

「可是事與願違啊，媽媽上個月中風，原本送到另一家國軍醫院，我爲了想就近照顧她，不顧她反對把她接到我們醫院，我想說都是認識的醫生跟護士我比較放心，但其實大家真正在意的，反而是我有沒有濫用職權、濫用醫療資源。」

「是噢，那還真的是不近人情。」

「小顧，你知道嗎？」

我看著神父認真地盯著我看。神父繼續說話。

「你知道嗎？這不是很正常的事情嗎？你的母親如果狀況不好，就算動用關係，稍微插一下隊，也合理吧？」

「合理，只要沒有其他病患的家屬發現，就合理。」

「我才管不了那麼多呢！是我媽耶！我才顧不了其他人的感受。對了，你還記得我媽嗎？」

「當然啊，你媽媽很年輕。」

「是看起來很年輕，不過最近身體越來越不好，我媽看起來老好多，病情又一直出狀況，我真的很擔心。」

腦中浮現神父媽媽的樣貌，是個慈祥、打扮年輕的婦女，印象當中看過一兩次面。

平常氣勢凌人的神父，此時在我面前露出了害怕失去的表情，是如此的童真。

「不要擔心了，既然醫院裡都是認識的人，一定會加倍照顧你媽媽的。」

「謝謝你。還好你在這裡，不然我也不知道要跟誰聊這個。」

「哈，你平常太壓抑了吧？到底是壓力多大啊？」

神父冷笑。

「好久沒看到伯母了，等我傷口好一點，讓我去探望她吧？」

「嗯，好，她住的病房離這裡很近。」

「不知道她還記不記得我。」

「怎麼可能還記得。」

也是，只看過一下子，也沒講到什麼話，不記得我也是應該的。

更何況人家媽媽並不曉得他的性向。

神父換了一個口氣。

「你看過孕婦生小孩的畫面嗎？」

「當然沒有。」

神父喝了一口飲料，睜大了雙眼，用尖銳的眼神看著我。

「我親眼看過，從陰道裡冒出的小頭，就這麼小，像一個拳頭一樣大而已。」神父比給我看拳頭的大小。

「你現在說這個是……」

「聽我講完。」

「好。」

「那麼小的人就生出來了，全身濕黏黏的，然後……然後就發出很大的哭聲，媽媽聽到那個聲音，雖然滿身都是汗，氣喘呼呼，卻笑了，笑得很開心。當時，我就動搖了，我感受到生命的奇蹟，真的，就是奇蹟，當下我只覺得陰道很神聖，完全沒有任何其他羞恥的感覺，真的很神奇，陰道的存在，是爲了陰莖，反過來說也是，所有有分雌雄的動物都一樣，很奇妙對吧！」

「嗯……那照你這樣講，陰道是爲了陰莖存在，那我們同志呢？」

「對，當下我真的動搖我的信仰了，我真的覺得女性很偉大，我們不能沒有女性啊！一個家庭，是否真的是一定要一男一女組成呢？因爲我是同志，所以我當然會說，我們兩個男生也可以組成家庭，但……我看了生下小孩的孕婦……我真的動搖了！」

我搖搖頭，對神父說。「但是我們無法選擇喜歡女生，我看到鮑魚就軟掉，我要怎麼組成家庭，你跟我說。」

「所以同志可以選擇代理孕母，但，那根本不是因『愛』所誕生的小孩，不是嗎？」

「我無法反駁你，但我也不認爲同志家庭是錯的。」

「那個小孩……就那麼小、那麼小……我們也都是從那裡面出來的啊！我想到我媽媽生我的時候也是一樣的狀況……」

我忽然想起那些射在我嘴裡的精液，裡面有無數的蝌蚪。射在我嘴裡當然沒事，因爲造物主不是這樣設計的，只有射在陰道裡，才可能孕育生命，如同種子之於土地。身爲生物，最重要的就是繁衍後代吧。

「所以，小顧，你告訴我，我們同志，爲什麼會存在？」

「我回答不出來，就像如果問我，長頸鹿爲什麼會存在，我也無法回答，世界上如果沒有長頸鹿，世界會有影響嗎？」

「你覺得呢？」

「會，我會告訴你，世界上不能沒有長頸鹿。」我很認真地說。

「爲何？」神父笑了。

「因爲長頸鹿很可愛。」

神父大笑，我也勉強陪他笑了幾秒，片刻後，神父像是想到什麼似的，從他的包包拿出一份文件。

「明天院長會舉辦一個口腔研究的研討會，我帶你一起去吧！」神父拿給了我一張研討會的文宣，文宣上有著一個穿醫師白袍男人的照片。

「不行啦，萬一院長認出我來……」我擔心地說。

「沒關係，台下人很多，不會看到你的。」

神父又說道：

「說是口腔研究，但實際上是在做鳥嘴人的手術研討。」

「這個人……是誰？」我指著文宣上的照片。

神父看著我露出了難以置信的表情，眉頭深鎖，眼睛睜大，瞳孔越縮越小。

「你怎麼會問這個人是誰？這個人是院長啊！」

「什麼？不是，這個人不是院長。」我斬釘截鐵地說。

「你在說什麼啊……這個人就是院長！是我們醫院的『院長』。」

「啊！」我的表情驚訝而扭曲。

「你……你在院長室遇到的，不是他嗎？看仔細一點噢，我說，小顧，請你看仔細一點！」

「不是。我在院長室遇到的，那個『自稱』是院長的人，並不是這張照片上的人！」

神父聽到我說的，臉部表情扭曲，瞪大的雙眼好像受到極大的恐懼侵襲，摻雜著疑惑與惶恐，我可以想像神父現在的背脊發涼，從頭頂延伸到全身的顫抖。

平時總是比我冷靜的神父，此時卻露出比我還害怕的表情。

「你……你確定？」

「對，完完全全是不同的人。」

「那，你遇到的……是誰？」

「我不知道，我不知道！原來那個人不是院長嗎？對，他根本沒有一句提到他是院長！我只是很合理的以爲他是！」

「他長得怎麼樣？」

「矮矮的，看起來是個老實人。」

「你確定不是照片上這個人？這個是院長的照片。」神父指了指文宣。

「我確定不是……天啊，對方搞不好跟我一樣只是潛進去院長室！會不會是真愛教會的人？」

「啊？」

「搞不好就是襲擊的我那個男人！」

「可是你應該很清楚看到他的長相啊，那他是我們醫院的人嗎？」

「我看很清楚，非常清楚，有可能是醫院裡我不認識的人啊，或是僞裝成其他患者，這樣我根本找不到他，我很自然的以爲他是院長。」

我像是被電到般彈起來，迅速的跑離病房，神父追上來，邊跑邊喊：

「你要去哪裡！」

「院長室！如果他是真愛教會的人，院長有危險了！」

神父聽到這句話，也跟著驚慌了起來。

我們兩個在廊道上奔跑著，很多人疑惑的看著我們，穿過人群，我們來到了院長室。

我跟神父喘著氣，看著院長室的門。

神父將手放上門把，輕輕地握著並說：「門……沒鎖。」

門開了，我們看到了永生難忘的一幕。

在院長室的沙發上，有兩具裸屍，一個手臂上有刺青，這名刺青男子下巴突出，很明顯是鳥嘴人，他彎著腰，而在他身後那名男子戴著眼鏡，最詭異的是，兩人的下半身是連在一起的。

兩人的屍體，刻意的姿勢，就好像希臘神話的雕像般，擁有一種肢體的美感，兩人的身材稱不上完美，但慘白的肌膚配上紮實的肉感，整體來說呈現了肢體的美，加上後方深色的沙發，變成雕塑品般的，散發著詭異的美感。

「啊！院長！」神父驚訝地呼喊。

「這個人是院長？」我指這個戴眼鏡的人。

「對，他就是我們醫院的院長。」

「到底是誰……」

「不是剛剛那個自稱是院長的男人，所以，有人僞裝成院長騙我。」

「是真愛教會的主教大人！他開始動手了！」我冷冷地說。

「主教？」神父疑惑。

院長的下體硬挺著，插進刺青男的肛門，很明顯兩個人都已經死了。

「這個是院長身邊的秘書，我們都叫他刺青哥，院長應該也被注射了一樣的神經毒素，就跟殺前一個人一樣，死後會持續勃起幾個小時，你先趕快回病房吧！」

我顫抖著，神父手搭在我的肩上，試圖將我身體轉向不要面對屍體。

「我們趕快離開吧！」神父說。

「不行。」

「什麼？」神父一臉不可置信地看著我，似乎覺得從我口中說的話很不可思議。

「這是我們唯一可以進去『密室』的機會。」我抬起頭，邊發抖邊說。

「你……」

「你通知其他人後，甚至警察來後，我們就再也不可能進去了，要查，只能現在！就是現在！」

「小顧……」

「你也很好奇吧？」

「當然，不過我不知道這樣是不是對的。」

「你明明就很想。」

「……我確實是想的，可是，這樣會陷我們兩個於危險之中。」

「那我自己去查。」

神父嘆了很長一口氣。

「哎，好吧，那我們就快點進去吧！」

「嗯。四個人。」我手指比了一個四。

「什麼？」

「四個，這是我們剛剛從病院跑過來的時候，有看到我的人，是四個人。」

我有不自覺地數數量的習慣。

「嗯……」神父眉頭深鎖。

「不要擔心，只要一下下就好，立刻就出去。」

神父猶豫了一下，我與他兩人進去院長室，很快地把院長室的門關起來。

「如果有祕密的空間，應該在後方第二個空間的書櫃後面！」

「好。」

我們兩人繞過院長與刺青哥屍體所在的沙發，往裡面走。

「怎麼會有這樣的事發生！」神父對於這一切感到驚訝。

「或許你想知道的答案，那個關於姜皓文的答案，都在這座牆後。」

「我還是不能接受院長死掉這件事！再怎麼樣他都是院長啊！殺人犯的所作所為真的不能原諒！如果真有地獄，那一定是他最終的下場！」

我與神父用聽不到聲音的腳步，走到位於院長室最裡面的牆面，我試圖橫向的移動書櫃，看是不是能夠移動。

「會不會要拿起某本書，牆就會自動移動啊？」我裝作開玩笑地說。

「應該不可能。」

我與神父一起用力，結果，書櫃果然可以移動，部分的牆面跟著書櫃移動，露出了一個約一百公分寬度的入口。

依稀可以看到裡面是一個昏暗的空間，我們二話不說地走進去。

我的手在牆上游移，試圖尋找有可能會在牆上出現的開關。

在尋找的過程中，幾度不小心觸碰到神父的手，他似乎沒有多想，我卻是多心了。

就在離入口處頗遠的牆上，我按到了開關，燈一亮，所有的事物直逼眼前。

那是一個有別於醫院黑白色調的空間，這個空間以紅色調為主，牆上不是一般的白漆，而是原始的水泥牆，地上也是原始的拋光石，鋪上紅色的地毯，最引起我們注目的是，牆上滿滿的照片，都是院長的照片，不同的人幫院長口交的照片；而在我們身旁的，是攝影機的腳架。

在最裡面，確實有一座往下的樓梯。

這裡是院長的遊樂室。

完全可以想像得到，院長跟無數病患在此處度過歡樂的時光。

牆四周都是攝影燈具，以及一些不太曉得是幹嘛的雜物。

「天啊！」

「很驚訝嗎？」

「我完全沒有辦法想像。」

「看來，貴醫院的院長，是個徹底的鳥嘴人崇拜者。」

我們四周圍查看了一下，並沒有找到任何像是重要資料的物品，很明顯，這裡只是單純的遊樂室。

「我們要下樓嗎?樓下看起來很暗。」我問神父。

「看來這地下室應該也有些精彩的東西。」

因爲我們沒有將書櫃關起來，所以外面的聲音聽得很清楚，此時此刻，很明顯的腳步聲走過來，這個腳步聲並不大聲，反而有點細碎，應該是女生的腳步吧？

「神父？」

原來是護理長。

「完了，是護理長！」

「不要理她。」

我害怕得發抖，神父安慰式的摟抱住我。

隨後我們聽到的是，門被轉開的聲音。

「你沒鎖門？」我驚訝地看著神父。

「啊……」我完全不可置信，怎麼會有人可以忘了鎖門。

護理長在門口疑惑的聲音傳來。

「怪了，怎麼院長門沒鎖？」

我們立刻聽到了最不想聽的聲音。

「咚！」那是電燈打開的聲音。

「啊啊啊啊！院長！」護理長看到屍體了。

神父很快速地走出門，因爲隔間的關係，護理長還看不到神父。

神父盯著我，用食指在唇尖比了一下，示意我安靜。

「不要尖叫好嗎？」神父提高音量，對護理長說。

我緩緩地將書櫃復原，趁著神父說話的聲音，掩飾書櫃移動的軌道聲。

就算隔著書櫃，兩人的聲音還是非常的清楚。

「神父？你怎麼會在這裡？」

「小聲一點，妳想引起騷動嗎？」

「回答我的問題！神父，我只再問你『一次』，我不會再問第二遍，你爲什麼會在這裡？院長是你殺的？」

「不是。」

「我才剛到，剛剛在走廊上不是有看到我？」

「你不能在這裡！這不是你該來的地方！神父！」

「注意妳的用詞，百合。」

「我說了，請你快離開這裡！您爲什麼會在這裡，跟院長的屍體在一起？請不要說出讓我不能原諒的答案！」護理長的聲音幾乎要破音了。

「我不知道是誰殺了院長，我正在找答案，所以四處看，請妳小心妳的態度，百合，話不能亂說。」

「我請劉醫師過來。」

完了，護理長還要請醫師過來，這樣下去這裡只會擠更多人，我更無法離開，神父到底在打什麼如意算盤呢？

「我們先離開現場吧！這裡可是命案現場呢！」神父對護理長說。

護理長跟神父兩人都離開了院長室。

我悄悄地推開書櫃，往外看，以爲自己可以逃離，沒想到，兩人只是在走廊上對談。

看來神父沒有理由將護理長調離，我走出來兩步之後，回頭又躲入密室。

隔著書櫃還是可以聽到外頭的動靜，趁著院長室的燈開著，透過縫隙的光線，我看到密室牆上的某張照片。

是一張黑白照，上面是一個鳥嘴人，我將照片取下，照片上是一個男孩，而且很明顯他的下巴似乎跟一般人不太一樣，稍微有點變形。

我翻到照片背面，上面寫著 Yen-An, Fan 。看來是范小弟弟的照片，全世界第一個鳥嘴人。

看來這張照片可以給小羅，肯定是有價值的東西。

我將照片收到口袋裡，隨後，聽到神父、護理長跟一名男子的聲音。

「爲什麼要擺成這種姿勢啊？」男醫生露出輕浮的笑聲。

「應該是一種諷刺吧！愚弄鳥嘴人，用這個肛交的姿勢。」神父回答。

「哎……」男醫生搖搖頭靠近院長的屍體，用聽筒檢查了一下。

醫生說：「已經死了。」

「你到底在這邊幹嘛？」護理長轉頭問神父。

神父回答：「我來找院長。」

「這個時間？」

「現在也才三點，有時候院長會在辦公室待到很晚，不過我們是不是現在該報警了。」神父帶點命令的口吻。

「可是……我們不該……」

「董百合，這是命案現場，我們不該動屍體，反正都已經死了。」神父這樣對護理長說，這還是我第一次聽到護理長的本名。

「可是院長跟他……這個姿勢……」護理長疑惑地問。

三人沉默了些許時間，輕浮的醫生這時才緩緩開口：

「哼！怪獸們會很高興的。」醫師露出微笑。

怪獸？那是什麼意思？我覺得疑惑。

看來他們三人似乎會待在這裡一陣子，我鼓起勇氣，即便因爲燈都關了，是暗的，我也決定往地下室走……

走進去更深處，三人的聲音越來越遠，在黑暗中我依稀看到樓梯，陰冷的觸感，增加了神祕感，我慢慢往下走，走了大概十幾階，一個轉角，就是地下室的空間，但實在太暗，什麼都看不到，手上也沒有任何可以照明的東西。

這地下室的空間究竟有多大，實在很難判斷，不過摸到一些物品可以透過觸感判斷是紙箱，還有一些雜物，正當我準備要離開的時候……

樓上的書櫃移動聲傳來，隨後是神父的噓聲。

「小顧！快出來！護理長跟醫生離開了……可是他們馬上……」

我才回頭往樓梯方向望去，此時，我的後方出現一個人的呼吸聲，會感受到他的呼吸聲已經代表他在離我很近的地方，臉幾乎已經貼在我的後腦勺，似乎充滿惡意地望著我……

我感覺到冷汗從腳底竄到頭頂。

地下室密不通風，感覺就要讓人窒息。

「啊——」

這個叫聲引來神父的疑惑，他立刻衝下來地下室。

「小顧！小顧！」神父稍微提高音量。

「我在這。」我跪在地上，用虛弱的聲音呼喊神父。

「你沒事吧！」神父尋著我的聲音，碰到我之後抱緊我，摸著我的頭，我幾乎可以感受到神父的心跳。

「主教大人在這裡！快走！」我驚呼。

「什麼？」

「剛剛他從背後用手扣住我，想殺我！」我幾乎要哭出來。

「怎麼會這樣！是誰？」

「肯定就是主教大人！……他躲在裡面！」

神父攙扶我，帶我離開地下室，不顧一切衝往外面，離開書櫃回到院長室後，我還是將書櫃推上，我與神父對看一眼後，拔腿就往外跑。

「等！等一下！」神父忽然緊張，並意示我還不要跑出門。

「呼……」我喘著氣，往書櫃的方向看。

「你先在這等我一下！我得查看走廊沒人！」

「爲什麼那個人沒離開？會不會是底下有其他出口？」

神父沒回應我，打開門就往外走。

門外傳來護理長的聲音。

神父與她兩人邊走邊說話，似乎漸漸遠離院長室了。

我躡手躡腳地走出來。

正打算逃離院長室，經過院長的屍體，瞄了一下院長，院長的表情很安穩，反倒是刺青哥的表情很猙獰。

我走向門口，我的手才剛放上門把，讓我意外的，門把同時被轉開了。

門的外面並不是神父，很遺憾的，我從門被打開的縫隙中看到，是護理長。

因爲門是內開的，我下意識地推門，不讓護理長進來。

「裡面有人！」護理長尖叫。

於是護理長很用力地往我這裡推門，我自然也很順的回推，就這樣一來一往了好幾下，我怪自己的愚蠢，怎麼會把門推回去，但想一想，我也不能任由護理長這樣直接把門打開吧？我該如何解釋呢？大年你在哪呢？大年救我啊！

不能被發現啊！

就在那一瞬間，燈光全暗，院長室、走廊，都失去光亮，瞬間四周一片漆黑。

我想都沒想就立刻閉上雙眼，希望早一點適應黑暗，同時間用力的將門打開。護理長大喊：「是誰！」

「跳電了？」神父似乎在護理長身後，也發出慌張的聲音。

我一個側身，立刻跑出門，好險沒碰到護理長，我一手摸著牆壁一邊前進，一離開院長室不到一尺立刻張開雙眼，向前奔跑。

不到三分鐘，燈光亮了，此時的我已經跑離，正在回病房的路上。

「真的好險……」我對自己說。

燈光一恢復，我就看到小羅站在我面前，我嚇了一大跳。

「呵呵，你也真誇張。」

「什麼？」我喘著氣。

「我聽說了，聽說院長室裡有騷動，我就去病床那找你，沒看到你，想說，你肯定躲在院長的小房間裡。」小羅轉著他的大眼珠，歪頭說道。

「喔？所以是你弄停電的嗎？」

「不然咧。我想說你一定跑去院長室要找鳥嘴人。」小羅嘟嘴說。

「謝謝你，小羅！」我用力地抱了一下小羅。

「所以……聽說院長被主教大人殺了？」

「我一潛入院長室就看到一個陌生人，原本還以為他是院長，後來才確認他不是，那個人應該就是兇手，當時恐怕他就是準備要殺掉院長跟刺青哥。」

「所以院長真的……真的死了？」

「嗯，很遺憾。」

「哎……可惜，看來我得找時間幫他收一下『小房間』。呵呵，那些照片被發現的話，可就不好囉！」小羅露出勉強的微笑，或許他對院長多多少少有一點感情吧？

我將我在院長室拿的黑白照片放進去小羅口袋，代表跟鳥嘴人有關的物品我已經交給他。

小羅也沒有任何大反應，走了兩步後回頭對我笑了一下。

「是啊，沒想到院長那麼……」我喃喃自語。

「有看到我的照片嗎？」小羅回頭問。

「沒特別注意到。」

「呵呵，也有我幫院長吹的照片在裡面，看來我得想辦法去回收。」

小羅也往院長室過去。

我看了一下小羅離去的背影，看來這家醫院真的有很多一般人想像不到的祕密。

回到自己病房的我，還在想剛剛醫師說的「怪獸」是什麼意思，這是他們醫院的某種暗號嗎？醫師剛剛很明白地說：「怪獸會很高興。」

聽起來那個醫生一副輕鬆的態度，在這個詭異的時候顯得唐突，或許他們對生死都看得很開？這個晚上發生了那麼多事，醫院裡的人究竟會怎麼處理呢？「怪獸」來了會發生什麼事？

又過了些許時間，已經將近天亮，我可以看到外面的天空正在經歷由黑轉淡藍色的階段，小羅這時候走了進來。

「嗨！」

「嗨，小羅！」

「明天，不對，是今天晚上，等住院醫師巡房後，我帶你去『鳥籠』。」

「鳥籠？那是……你們聚集的地方？」

此時，神父忽然走了進來。

「不好意思，我們剛剛在開會討論剛剛發生的事。」神父說道。

神父看到我跟小羅，眼睛瞇了起來。

「你在跟我朋友聊什麼啊？」神父盯著小羅看。

「神父，我在跟顧先生討論辦理出院手續的事情。」

「喔。」

「晚一點醫師會來看顧先生的傷口。」小羅站起身，準備離開。

「你們剛剛在說什麼？」

「沒什麼事啊。」

「哼！最好不要瞞著我喫，這樣我會很不開心的。」神父眼神堅定，微笑地看著我。

「我跟一個護士能有什麼事？」

「他看起來也滿像同志的。」

「就算是，你也不能怎樣啊，我跟你都分手了。」翻了一個白眼，立刻拿出前男友的姿態出來。

「好啦，你還好嗎？沒事吧？剛剛……看到那個畫面……」神父伸手摸我的額頭。

「我還好，我比較害怕的是，當時在地下室，恐怕不是你下來，我就會被主教大人殺死！

「嗯……」神父表情凝重。

「因爲你是神父，所以主教遲疑了，不然，他很有可能把我們都殺掉！」

「他當時到底……」

「他很用力地扣住我的脖子，我差一點窒息！」

「哎……可憐……」神父對我露出關愛的眼神，盯著我看。

「所以，你們弄清楚這幾件事沒？」

「第一名死者，你的病院室友，叫做洪渙業，是一名過氣的插畫家，爲了動手術他賣掉老家的小吃店……可惜，才剛手術成功，就死在這裡。」

「嗯嗯。」

「他身上沒有外傷，是直接被注射毒液而死，院長跟院長的秘書都是如此。」

「所以是被真愛教會的人？」

「我們還不知道，不過我們在網路上看到了照片。」

「什麼照片？」

「那位自稱是主教大人上傳的照片。」

神父拿起手機，手機裡顯示了與我同一病房裡的死者照片，甚至連院長跟秘書的裸屍照片都有，我露出了驚訝的表情。

「怎麼會？」

「嗯，一定是兇手拍的。」

「主教大人殺完人後，還拍照上網，他的目的是什麼啊？」

「引起恐慌吧。」

「真愛教會的人應該很開心吧！」

「嗯，是啊！底下的網友都回覆說大快人心、活該、天譴等字樣。」

「這個社會怎麼了？」我無奈地問，將手機還給神父。

「真愛教會恐怕透過網路在影響人民，操弄輿論吧！」

「所以你有任何線索，知道主教大人是誰嗎?他躲在哪裡？」

「不曉得，不過，在凌晨的時候，洪先生死之前，只有三個人進來過病房。」

「誰？」

「護理長董百合、護士小羅，以及主任醫師劉英國。」

「劉醫師？」

「劉英國醫師，就是這間病房的住院醫師，在稍早的時候有進來查看，剛剛也請他來看一下院長的屍體，原本還打算急救，但來不及了，院長確實已經死了，也報警了。」

看來他說的就是剛剛那個在院長室發出輕浮笑聲的醫師。

神父繼續說：「劉英國醫師，他是口腔外科主任，是個異性戀，在醫院裡面權力也很大，是真正有能力的醫師，大家私底下都叫他地下院長。」

「一般主任醫師巡房不是都會有很多其他醫療人員跟在後面嗎？」

「通常一般醫院都是這樣，還會有其他實習醫生在後面跟著，但是劉醫師不喜歡這樣，所以他都自己行動，而且，他會挑他有興趣的病患。」

「嗯……你剛剛說他是地下院長？」我問。

「對啊，院長，那個死掉的佑平前院長，實際上大家都知道他不是真正厲害的醫師，只是會操弄手段，靠關係所以才當上院長的，靠的也是他在醫院裡的關係，劉醫師派的私下都很討厭他，所以院長死了，我想最開心的就是劉醫師了吧。」

「不過就是因爲這樣，兇手才更不可能是他吧。」

「這樣想也沒錯，而且目前並沒有任何跡象顯示劉醫師跟真愛教會有關。」

「所以劉醫師是主教大人的可能性比較低吧，不過也有可能利用這一點來欺騙大家。」我提出了這樣的可能性，神父眉頭深鎖，看了一下門口，後來望著我。

「小顧，抱歉你被捲入這樣離奇的事件……」

「不會啦！」我尷尬地笑，但事實上我是感激的，因爲這樣我才能與神父再度相遇，我們今天晚上講的話超越過去沒聯絡的四年了。

「我在裡面有聽到，劉醫師講到什麼『怪獸』，那是什麼意思？」

「你晚一點就會知道了。」

我對神父繼續說：「那……劉醫師是個怎樣的人呢？」

「是個……醫術很高的人啊！」神父停頓了一下。

「怎麼了？」我查覺到神父欲言又止。

「嗯……跟你說，其實在好幾年前，據說劉醫師在做鳥嘴人手術的時候，有害死過人，但這件事情很少人知道。」

「嗯？」

「我懷疑就是他害死姜皓文的，皓文是個心理諮商師，他才剛拿到執業證照，滿受人歡迎的一個人，他在這家醫院動手術，手術後一週，併發心肌梗塞……猝死在自己家中……雖然劉醫生說體質也有關係，可是……」

「你看起來很難過。你們是……」

「哈，是啊，皓文是我前任。」神父低頭，尷尬地笑了。

「前任？真的喔？」

「那是在你之前的上一任。」

「我都不知道這件事，你只說你上一任意外過世，我就不敢多問了。」

「我……很少提到這件事，抱歉。」神父露出感慨的表情。

「所以你是因爲這樣，想查清楚動刀的醫師，才來這家醫院服務嗎？」

「不完全是，其實是因爲，皓文在這家天主教醫院裡動的手術，當時，我還沒信主，是因爲他，所以才覺得跟主有緣，了解了許多事情，就決定進修神學院，才開始神職的工作，一直到現在，所以，我是很感激他的。」

「那……你不恨那個害死他的醫師？」

「現在不會，生死有命，醫療本來就會有風險，更何況目前也不知道是哪個醫師操刀，我也怪我自己，應該阻止他的，可是，主『原諒』我了，主讓我知道，這些都是一個必經的考驗。」

「嗯……阿彌陀佛。」我雙手合十的說。

神父用力地瞪我，是那種要把我殺掉的眼神，我已經很久沒看到神父有這個神情出現。好吧，此時我確實不該拿宗教信仰開玩笑，這樣很不尊重。

「醫療本來是用來救人，或是補足先天的不足，爲了享受性的行爲而利用醫療資源，我實在不能苟同。不過患者可以選擇自費要動這個手術，是不違法的，就像因爲鳥嘴人盛行而同時興起的陰莖增大手術。」神父義正嚴辭地說。

「醫師來了。」我看了一下門口說道。

劉英國醫師走了進來，半張的眼睛看起來精神狀況不是很好，但嘴角還是露出一種習慣性的微笑。劉醫師身高不高，掛著一個招風耳，真要說像什麼動物的話，勉強像是一隻可愛的花栗鼠，他帶著一種虛假、輕浮的微笑。

「神父大人，麻煩借過一下。」

「英國，麻煩你了。」

神父站起身，但沒有要離開的意思，轉身站在窗戶前面，一個聽得到醫師講話的距離。

「傷口有好些嗎？」劉英國醫師打開我嘴上的繃帶。

「嗯……」

「你是神父的朋友啊？」劉英國醫師看了一下我跟神父的背影。

「對啊。」

劉醫師稍微檢查傷口，隨後將紗布貼回去，我則是面無表情，雖然累，但卻沒有任何睡意。

「那我就要特別照顧一下囉，不要讓神父不開心，呵呵。」

劉英國醫師笑笑的，眼神跟語氣都透露著虛假，例行的檢查完之後，劉醫師在表單上畫著讓人看不懂的文字。此時，遠方傳來汽車引擎的聲音，以及眾多人吵雜的聲音，我看了一下窗外，除了陽光之外，從窗外照進來車子的燈光，伴隨著一種詭譎的氣氛。

「怪獸來了……」神父表情凝重的對著窗外說。

男性自慰器口腔

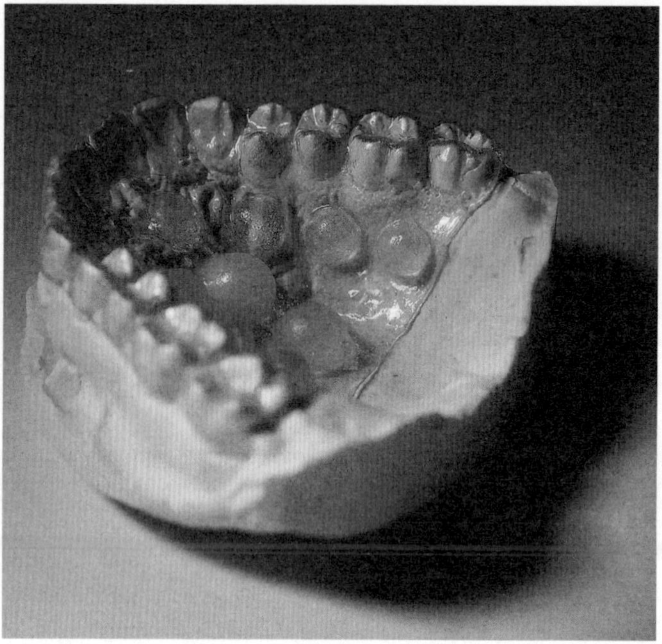

改造齒顎矯正治療的人所配戴的維持器（Retainer），以假牙襯底樹脂（Soft denture reline material）為材料，在維持器表面增加一層如軟組織質地的凸起紋路在上顎。當配戴這個裝置進行陰莖口交的性行為時，紋路會模擬男性自慰器內層表面結構，然後與陰莖表面摩擦增強感官中的生理愉悅。

【THE BEAK MAN】

第　四　章

國民繁衍局長

「怪獸？」我對神父提出疑問。

「那麼快就來啦？」劉醫師笑道。

聽到遠方的人群的聲音，我也站起身往窗外看，四樓的病房往下望，十幾台 SNG 轉播車，攝影師、記者蜂擁而上，擠在一樓大門口，穿著白袍的醫方人員、警衛都在阻擋著，場面混亂。

我不自覺地數了一下車子的數量。

「有十七台轉播車呢……」

原來「怪獸」的意思，是在說「媒體」。

小羅站在門口對劉醫師說話。

「英國醫師，民繁局局長來找你，請您下來辦公室。」

劉英國醫師用一種調皮的步伐跟著護士小羅離開，我則是好奇地問神父。

「民繁局？」

「哼，趁記者來的時候跑來，是來作秀的吧！」神父不屑地說。

我整理一下棉被，讓棉被蓋住自己的腳，神父接著說：

「國民繁衍局，你不知道嗎？」

「好像有聽說過？」

「就是衛生署在前幾年……大概二〇六五年的時候吧，新成立的局，跟日本厚生省合作的……」

「喔，我想起來了。」

神父拉上窗簾說：「你也知道的，我們台灣跟日本成為全世界出生率最低的國家，雖然整個世界都是如此，但我們兩個國家特別嚴重。」

「嗯，這個局就是為了解決此問題的，局長叫陳俊翔。不過他為什麼要來這裡啊？」我疑惑。

「幾年前沒有人曉得，現在最嚴重的問題不是資源，而是少子化，大家都不想生小孩，不是生不起，而是整個國家瀰漫著一股風氣，大家忘了就生物學來講，身為人類重要的使命是傳承，不是只顧著享樂。」

神父這樣一說我才想起來，台灣的少子化嚴重到反過來影響經濟，私立學校紛紛倒閉，房價暴跌，人家以前說是經濟影響出生率，現在不知道為什麼惡性循環，整個社會瀰漫著「享樂」為主的態度，同志就算了，男女也不生小孩，整天旅遊或是沉溺在荒淫裡，就在這樣的社會氛圍下，鳥嘴人的口交主義才會開始盛行。

「他們很好笑，民繁局剛成立的時候，推動一個法案你還記得嗎？當時鬧得很大。」

「什麼？」我好想有點印象卻怎樣也想不起來。

「就是，生小孩是國民義務，這一件價值觀的推廣，就像當兵是義務一樣。」

「喔喔對，當時被同志團體強烈的反抗，結果國民繁衍局剛成立就被罵到臭頭。」

「是啊，如果是義務，那同志怎麼辦？」

「所以恐同的團體樂壞了，藉此宣揚家庭的價值是要一夫一妻。」

神父的手機響了，神父看著手機，似乎沒有要接的意思，繼續說話：

「不過後來民繁局推動的法案似乎滿成功的，就是那個合法進口代理孕母。」

「嗯……」

「這讓很多原本不想生不能生的人，都可以擁有小孩，最重要的，很多同志受惠。算是無心插柳吧，哈哈！」神父露出童稚的笑容。

「你有想要小孩嗎？」

「現在不想，我現在只想照顧好老母親。」

「媽媽才想抱孫子吧！」

「哎，我知道啊，但以我現在的狀況，根本無暇去多照顧一個小孩，還有，我還得照顧你啊！」神父摸了摸我的頭。

「呵……」我乾笑了一聲。

我看了一下手錶的時間，忽然，神父看著我戴的手錶。

「這隻錶……很貴吧？」

「沒有啦，這是假貨啦！」

「是噢，我不是跟你講過，假的東西，是沒有靈魂的。」神父叮嚀式的口吻。

「嗯……好啦我知道。」

我輕笑了幾聲，想要換個話題，其實這隻手錶是正版的名牌，但是爲了不造成誤解，認爲我在炫富，才撒這樣的謊，這樣的謙虛式謊言，在台灣社會來說，好像很普遍。

不過當然，這不是花我自己的錢買的，是某一任送我的手錶。

「所以陳俊翔局長過來，是要做什麼？」我試著將話題拉回。

「不曉得，從生小孩是義務這樣的說法看來，他們應該是排斥同性戀的，雖然表面上說尊重多元文化，也宣導同性戀不是罪，但同性戀先天上就無法生小孩，與他們局的核心宗旨相違背，那我們醫院有許多同性戀，而且又有進行鳥嘴人手術，應該讓他們很頭大。」

「趁這個時候來……也是來作秀吧！」

此時電視上的新聞主播在播報一則新的消息：

警方發現，在此醫院院長室有一個通往地下室的暗房，地下室則發現一名屍體，姓名為吳孟漢，是一名公開的真愛教會信徒，遭注射神經毒而死……

新聞畫面露出吳孟漢的照片，是個臉部微圓的中年男子。

這個臉我再熟悉不過了。

「他們發現祕密空間了！」

「天啊，那名屍體……」

「怎麼了？你認識？」

「就是我在院長室遇到的人！那個假扮院長的人！」

「真假？」

「對，就是他，我很確定！」我對神父睜大雙眼。

「怎麼會這樣？為何殺人犯要殺他？」

「有可能他跟昨天在病房襲擊我的人是同一個，畢竟襲擊我的人有戴口罩，認不出是誰，但我疑惑的是……主教大人何必要殺他？他是真愛教會的人吧？我們在進去院長室的時候，主教大人跟他的屍體就在地下室吧！可能認為我們不曉得祕密空間，所以待在下面等我們離開……」

「可是你卻下去了！還好我們跑得快，不然就是你被殺死了！」神父擔心地摟住我。

「會不會……是起內鬨之類的，有可能是他的信徒，也就是襲擊我的人，他們起內鬨，所以主教一氣之間就把他殺了，你想想，主教是在祕密空間殺他的，或許他根本沒有要引起大家注意的意思，畢竟布置院長的屍體在那個很容易被發現的空間，應該就是爲了展示，反過來想，在祕密空間，可能只是一時之間的衝動……」

「所以停電後，殺人犯就跟著離開了！」

「嗯，肯定是，搞不好當時我站在門口，主教大人就站在我身後！」

「太可怕了……」

「對，搞不好他原本是打算將我們通通殺光！現在想想，會停電這件事也很怪，會不會是他們的同夥？」

我們兩人都露出惶恐的神情，若有似無的對看。當然，我不會說是小羅讓電停掉的。

「啊……我得去關心一下現狀……我得去處理一下『怪獸』。」神父拍了拍我，準備離開。

「你是要去看你母親吧？」

「嗯……」神父低頭，雖然平時神父氣勢凌人，但這個時候，卻像個小孩子般的，低頭，帶有微微一點害羞樣。

「對啊，趕快去看吧！雖然你母親應該沒被波及，但發生這些事，還是去關心一下吧！」

「嗯！當然……我很擔心她最近的狀況，哎。」神父起身，整理一下外套，就離開病房了。

我看了一下手上的手錶，想起剛剛神父說的話，並將手錶收起來，以後，永遠都不要在神父面前戴這隻錶了。

當然，身上有奢侈品多多少少是希望別人注意到的，但是對於奉勤儉爲良好道德的人來說，擁有這樣的物品是一種虛榮。所以我即便知道神父不喜歡假貨，還是要騙他這是盜版的。

我將手錶收進包包，這讓我想起來跟神父當年分手時，打算去收拾東西時那尷尬的情境。

他說要我自己去收東西，他不會在家，他家鑰匙會放在門前的消防設備裡面。於是那天下午，我走進神父熟悉的家，發現他把我的衣服都折好，並且放進一個大小剛好的紙袋裡，紙袋就放在入口的餐桌上，當下我感受到無比的心酸，平整燙過的衣服好像從來沒有人穿過它。就連這樣的事，他都可以做得如此有條不紊。

當時我眼淚立刻掉下來，想到那個情境：他在他的衣櫃裡，冷靜地挑出我的衣服、褲子、內褲，有的衣服還燙過，整齊地放進紙袋裡擺放好。

「一定要做的那麼絕嗎？」我對著神父家裡的空氣說話。

然後我回頭，看著這個房子，心裡也知道永遠都不會再見到它了。

無法控制的回想起他的家，每次回想起都是一定程度的難過，但自己無法克制地循環這個難過，並且同時爲自己如此難過而感到可悲。

我將心思拉回病房。

聽著病房窗外的吵雜聲，爲了不再沉浸於回憶的思緒輪迴裡，我不情願的打開電視，三十幾台新聞台，都在播放院長跟他刺青秘書的裸屍照片，還有跟我同房的洪渙業先生的屍體照片。

看來媒體怪獸是因爲網路上這兩張照片而來，打著聳動的標題、電視分割畫面都是現場連線醫院的鏡頭，走廊上傳來許多吵雜聲，這是一個不寧靜的早晨……

果不其然，不到一個小時，真愛教會的人就舉牌到現場，怪獸的閃光燈更是閃個不停，高舉的厚紙板上用麥克筆寫下的「口交有罪」之類的口號，每個人都戴著紅色的口罩，跟稍早襲擊我的人一樣。

紅色口罩除了能遮住他們的外貌，也代表著嘴巴淌血，禁止口交的意思，同樣都是同性戀，但鳥嘴人濫口交的行徑不能被他們所接受。

新聞畫面，民繁局局長從醫院裡面走出來，記者蜂擁而上。民繁局局長陳俊翔個子高瘦，年約四十，略高的髮線、旁分往上抓的銀色油頭添增了點時尚感，穿過長方形眼鏡的眼神不減銳利，面對媒體包圍從容不迫。

「記者杜安九在天主教醫院報導……」妝很濃的記者面對鏡頭，露出職業性的假笑。怎麼會有人自稱安九（天使）啊？我暗自嘲笑，新聞現在本來就變得很綜藝，所以記者有藝名也不意外。

局長面對記者也露出虛假的微笑，隨後娓娓道來……

「我們民繁局很重視國民的永續經營，而同志真愛教會『主教大人』屠殺鳥嘴人的行爲，實在不能被原諒，任何性向、性癖好都是多元文化的一部分，撤除任何的歧視也是本局多年來的目標……只有國民一致的了解與尊重，國民才會繁榮、國家才有希望……」

隨後，妝很濃的記者訪問了周圍人士，那些舉牌的教會人士，有些人士興奮地喊叫：「主教大人殺得好！主教大人代替我們當罪人！」還有些牌子寫著：「鳥嘴人去死！」或是「這是鳥嘴人的懲罰」場面滿激動的，我看著電視，心中有難言之隱……

過了中午，吃完醫院簡陋午餐的我，呆坐在床上，外頭的聲音漸漸地變小，但是記者跟轉播車都還在，等著挖出這家醫院的內幕，等著警方對兇案現場的說明，真愛教會的人自然沒有少，鬧哄哄的。

剛剛那個妝很濃的女記者，叫做杜安九，是個變性人，即便自己是變性人，但在報導同志新聞卻時常立場偏頗，是個圈內惡名昭彰的記者。

此時一個眼睛細長的大叔走到我的病房門口，這名大叔將門推開，拿著一束花，然後坐在隔壁的空床上。

我不禁注意到，這名大叔的口袋裡，有著一個紅色的口罩，他是真愛教會的人，那爲何他進的來呢？醫院的人應該都把教會的人阻擋在外了啊？或許，他是死者的親人吧？

這名大叔眼眶泛淚，低頭啜泣。

「這位大叔……你還好吧？」

「嗯。」大叔抬頭看了一下我。

「您是？」

「我是洪渙業的……叔叔。」

「您好。」我點頭示意。

「阿業……就是死在這張床上嗎？」這位大叔眼眶泛紅，身體顫抖著。

這位大叔的眼袋很深，微略紅腫，感覺好幾天沒睡好。

「是的。」我猶豫了一下，才回應這位大叔。

看這位大叔的落寞神情，讓我感覺不只是洪渙業先生的叔叔吧……恐怕是他的男友之類的親密愛人。

「爲什麼，你們爲什麼想當鳥嘴人？」大叔渾厚的聲音，略帶沙啞。

「這位大叔，你誤會了……我不是……」看來大叔也誤會我，看我嘴巴上的紗布也以爲我是鳥嘴人。

大叔站起身緩緩逼近，雖然不高但是身材壯碩，泛紅的雙眼顯得眼睛更小了，意外的添增了詭異感。

「阿業就說要去動手術，結果動完手術就被人家殺掉了……」

我試圖轉換話題。

「我剛剛看到大叔你的紅色口罩，大叔你是真愛教會的人吧？阿業是被你們的主教大人殺害的！他也是自願動手術的啊……」我也不知道這個阿業是怎樣的人，就隨便亂說。

「我討厭你們鳥嘴人……肛交不好嗎？為何一定要口交？」

聽起來那名洪渙業先生應該是跟真愛教會的大叔起衝突，或是有可能分手後才跑來動手術？從大叔的話語中都可以窺見濃濃的愛意，身為教會的一份子，他卻深深愛著鳥嘴人……

「身材練那麼好……是要誘惑誰啊？」大叔靠近撫摸我的胸肌，手指摳弄著我的乳頭，我顫抖著，用力地把他手撥開。

「走開！」我試圖大叫。

大叔也不管三七二十一，抓住我的手臂扣在床杆上。

完了，現在醫院裡的人都在處理記者跟真愛教會的事，外頭吵雜，恐怕沒人聽到我的聲音！

「為什麼要當鳥嘴人……肛交不好嗎？」

「我……就說我不是了嘛！」

大叔用力扯下我的褲子，以及內褲，我奮力抵抗，害怕到發不出聲音，我還是第一次被人家這樣強迫，我就要失去我的矜持了嗎？

我整個人跌到床下，大叔也跟著爬了過來用力把我壓在地上，以前當然不是沒當過零號，但此刻只是讓人極度的不舒服。

掙扎的動作使我忘了叫喊，我幾乎要哭出來了！

大叔順手扯下自己的褲子，早就硬挺的陰莖彈了出來，大叔下體靠近，我的雙腿雖然掙扎著但還是抵抗不了大叔的力氣，大叔潮濕的龜頭在我的肛門附近游移，就差那幾厘米，我的身體就要被他侵入了！

我用頭全力的撞了他，瞬間大叔緊握的雙手鬆開，我起身，衝了出去，回過頭，看到他迷濛的雙眼，色瞇瞇地像是要把我看穿，一想到我差點讓他得逞，就覺得好氣又好難過，但我不否認看到大叔粗大的陰莖時，在那一瞬間是帶點興奮的，但隨之而來身體的黏膩感與汗臭味令我做噁，這樣強迫的方式更是不能被允許，我知道自己外貌有點姿色，我也爲此努力健身，但沒想到這樣的姿色會帶給自己這樣的劫數。

真愛教會的大叔，這樣的行爲，或許是想宣示自己的立場，藉由強暴一個看似鳥嘴人的人；我奔跑著，想都沒想的，跑到了醫院內的教堂……

希望神父在這裡，他已經半天都沒出現了。

我整理一下情緒，緩緩地走進去。

這是一間古老的教堂，整體跟醫院一樣是灰色調的，是一座古老的木造貼瓦建築，在那個年代，這樣的工法是爲了防火，因爲山上的環境潮溼，深綠色的青苔從底下爬上平瓦，部分塗上灰泥的區域恐怕是因爲老舊破損而塡補，周圍的泥土地與雜草交錯，替這間古老的小教堂增添了潮溼感。

敞開的木造門後，許多病患穿著患者的衣服，坐在位子上禱告，而在左方角落的懺悔室，排了三個人，我撫平自己的衣服上的皺褶，走進排隊的隊伍裡，等了莫約十分鐘才進去。

牆上的十字架、磨紗窗玻璃、木造座椅、被光線照亮的講壇、細長流線型燈具，所有的細節都融洽得呈現一種高級的神祕感。

「神父，我有罪……」

「說吧！」一邊傳來那熟悉的聲音，沒想到神父的聲音給了我那麼大的安慰，不只是因爲他是一名神父，更是因爲他是我的前男友，是我曾深愛過的人。

他渾厚的嗓音是如此的令人著迷，讓我感到溫暖。

不知道爲什麼我現在好想緊緊地抱住他，哪怕他會把我推開。

「我熱愛口交，我感到很罪惡，但又無法控制住我想要幫人口交的衝動……」

此時神父應該已經聽出來我的聲音了吧，如此戲謔的告白，恐怕連神父內心都會被動搖吧？希望他能回想起多年前我幫他口交的時候……

「每個人都會有慾望，但這樣的慾望是可以被控制的，只要你跟隨主……」

「主又有什麼用……我剛剛差點被人玷污。」

「什麼意思？」

「我剛剛在病房裡，差點被人強……」

「怎麼會這樣？」神父難掩生氣的情緒。

「我腦中第一個就是想到你……」

「待會到後面來說。」

我離開懺悔室，坐在後方的木椅上，神父隨後從懺悔室的另一邊離開，不顧還在排隊的患者，頭也不回的走向後方的走廊，我看了一下四周，跟了上去。

「是誰？爲什麼會這樣？」神父抓緊我的肩膀，指頭陷入我肩頭的肉裡，雖然些微的疼痛，但我卻感受到被關愛的溫暖。

我娓娓道來事情的經過，說明這位真愛教會的大叔是怎樣強迫我、跟洪渙業先生之間的關係……

「大白天的居然那麼囂張，還是真愛教會的人，主會懲罰他的！」神父憤慨地說。

「不過，那名大叔看起來真的很難過，或許他真的很愛洪渙業。」

「但也不能做出這樣遷怒的事情，他想強暴你耶！」

我將頭撇開。

「你沒事吧？」神父擔心的問。

「嗯，我沒事。」

「你現在住哪？」

「我？」我支支吾吾，不敢說我無家可歸家的事。

原本住在朋友家一陣子，但有天半夜忍不住幫朋友的男友口交，被朋友撞見，於是就被趕出來，東西都還放在他家，只是也不敢再回去拿……

明明知道回憶那些不好的事情，會讓自己感到焦慮，每每被提起，卻還是不可控制的跳進回想漩渦裡。

我原本在百貨公司的內褲品牌工作，當初會選這份工作的原因很簡單，就是因爲我沒有特殊的專長，我想，在百貨公司工作，光鮮亮麗的，而且應該可以藉此認識很多帥哥吧？沒有想太多，就把履歷丟過去了，當然，確實很多同志朋友來找我買內褲，更因爲我的身材吸引人，所以我在那很受歡迎，大概每天都會有人偷拍我吧。

賣內褲就是個方便調情的工作，常常會遇到客人假借買內褲向我搭訕，通常第一句都是：「你身材很好，在哪健身的？」因此，每天上班再累，我都還是會去健身房報到。

至於工作會失去，是因爲自己過多的疑慮，老是覺得內褲少一件，每天都要自己去數所有的商品，總認爲一個客人離開東西就會少，搞得自己總是神經質，屢次遭到客訴，結束了爲期一年的櫃哥工作。

「怎麼了？」神父看著正在回想事情的我問道。

「我……我現在沒地方住，失去工作，之前暫住在朋友家，但現在也無法回去了……原因我不能說，後來我就出車禍，就住在醫院了。」

「原因你不說，我不會勉強你，那……就先來住我公寓吧？」

「嗯？可以嗎？」

「沒關係，而且……你以前也來過。」

「嗯？那麼多年都還沒搬家？」

「沒，我跟你說過，那是我們家的房子。你先回病房拿東西，我去幫你辦出院手續。」

「可是……我的傷口？」

「現在醫院裡一團亂，而且，由我出面其他醫生不會說什麼的，我家也有基本的器材，不要忘了我以前是念醫學院的，你待在這裡，只會被兩方人馬波及。」

「好，我們晚點停車場見吧。」

「謝謝神父……」

「不要再叫我神父了，拜託。私下叫我名字就好。」

「好。」

看到神父這樣溫柔的叮嚀，似乎當年愛上他的感覺又漸漸地被喚起，當初因爲一次爭吵而分手，現在，卻怎麼也想不起爭吵的理由。

教堂傳來響亮的鐘聲，似乎在宣告著什麼。

回自己的病房之前，我先去另外一個地方，就是神父媽媽的病房，想探望一下她老人家。

就在我的病房前一個樓層，我穿過灰白色的長廊，身邊經過了一些護士小姐等路人，到了神父母親的病房，我推開門，觀察裡面的氣氛，空氣瀰漫著溼氣，陽光透過窗戶照進來，可以依稀感受到地板微微在發燙，若不是有開冷氣的話，恐怕現在的氣溫會讓人汗流浹背。

墨綠色的簾幕，配上淡綠色的床單，神父的母親安穩的躺在床上，滑著平板電腦，看到我進來，看了我一眼。

神父的母親叫做黃柏羽，柏羽女士年約六十，是個知名的舞者，藝名Pony，退休後，自己投資舞蹈工作室，漸漸成爲一名人家口中「老師」級的人物，大家都叫她「寶妮老師」。

「嗨！」寶妮老師輕鬆地對我打招呼，我被這突如其來的熱情嚇到。

「阿姨妳好！」

「你好，你是？」

「阿姨妳還記得我嗎？」明知道寶妮老師不太可能記得我了，但我還是下意識地問了。

寶妮女士躺在病床上，眼睛微張但充滿精神，但臉上明顯可以見到歲月的痕跡，跟病痛的疲憊，很難想像當年是個熱情的舞者。

寶妮老師頭髮及肩，並沒有特別的綁起來，錯落的灰髮及白髮透露著隨性的態度，炯炯有神的眼神及親切的微笑，在眉宇之間我看到了神父的雙眼，母子還真有點像呢。以神父的個性，恐怕比較喜歡自己照顧、而不請看護。

「嗯?抱歉……你是……」

「我是小顧啊，大年的朋友……四年前有見過。」

「喔，有有有……我記得。」

她只是找個台階下才假裝記得吧，不過這樣的舉動讓人感到溫暖，即便年邁仍不忘禮數，是個聰明的女人。

在旁邊桌上引起我注意的，是小小的佛像，還有一本經文。

「阿姨，這是？」

「呵呵，這是大悲咒啊，我每天都要唸呢。」

「可是您的兒子……不是一名神父嗎？」

「哎呀，那沒差啦！我們從小就是拜佛，沒人聽過耶穌啦！以前我啊，每個週末都會去廟裡祈求平安、順利，祈求我兒子乖乖地長大，還會帶他去收驚咧！」

「呵呵……」我笑了。

「……然後啊，每次收驚的歐巴桑都會摸摸他的頭，原本還在哭噢！收完驚就笑了！」

「哈哈……」我打從心底覺得阿姨真可愛。

「不過自從他去考神學院，我就不去行天宮了，改成每個禮拜去教堂看他，然後學人家禱告，哎唷，那都是一樣啦，我還不小心在心中叫耶穌『菩薩』呢！哈哈哈，啊對了，你看這個。」

阿姨拿起床旁邊的躺椅上的包包，是個很漂亮的名牌包，經典的花紋、細緻的車工，雖然沒近聞，但看整個包包皮革的光澤，就已經聞到皮革特殊的香味了。

「你看，這是我兒子送我的。」

「很漂亮耶！」

「對啊，這個包包多好看啊！我要每天背，還有你看，還有這個手鍊，也是我兒子送我的噢！我兒子說是純銀的！」

「大年真好耶！」

「呵呵……對啊，不過、可是啊，也很讓人傷腦筋。」

「怎麼說呢？」

「送太多東西了，我不喜歡他花那麼多錢。」寶妮女士笑著，眼睛都瞇成一條線了，即便嘴巴上說不喜歡，但卻如此高調地炫耀著。

我稍微環繞了一下四周，兩袋水果、花束、還有一些紙袋跟盒子，想必神父應該花很多錢在母親身上吧。

我望向放在角落的紙袋旁，有一本黑色微厚的精裝書，表面上的透明膠膜證明它未被拆封，書面是亮面黑色，帶有金屬線條裝飾，很明顯，那是一本聖經。

我想，神父只顧著自己想送禮物給母親，即便母親根本不需要。

這本聖經的存在恐怕是神父試圖影響母親的信仰吧。

而一些沒打開的盒子想必裡面是一些母親沒用過的飾品或是衣服，但由此可見，神父確實想討好母親。

想起神父以前跟我在一起的時候，也很常送我禮物，他送禮的邏輯不是我需要那項東西，而是他「認爲」我需要。

「真好，我也希望有這樣的兒子。」我對寶妮老師笑了笑。

「哎唷！他太貼心了啦！就像我自己可以起床去上廁所，他就是硬要扶我，不給他扶他還會不開心呢！」寶妮老師語帶炫耀，也多了一點無奈。

我以前也說過「不要送我那麼多禮物」，他聽了還很不開心，堅持要送。

能見到寶妮老師一面，我也心滿意足，禮貌地陪寶妮老師聊了一下天，中間還有護士進來檢查，護士看到除了神父以外的人來探望寶妮老師，也覺得意外。

我也很禮貌地跟護士小姐說了一下話，隨後跟寶妮老師道別後，離開了她的病房。

神父只有這個母親，沒有其他家人，從小就是母親把他帶大，大學時，不負眾望的考上醫學院，原本媽媽很期待他可以當一名醫師，連開診所的錢都準備好了，但神父不知道爲何，毅然決然跑去念神學院，然後成爲現在的神父。

當然，他們爲此大吵了一架，寶妮老師在還沒中風前，脾氣可是也很火爆的。

寶妮老師雖然在意，但也無法改變兒子的決定，況且，自己當年也是爲了跳舞放棄當律師，自己對於兒子的失落感讓寶妮老師體會到，當初父母對自己放棄念法律系時，那種失落的神情，寶妮老師看著鏡子，也看到了一樣的表情。

但後來看兒子在這家醫院工作得很順利，也成爲了一個人人愛戴的神父，多多少少就也放心了。聽兒子說，在當了神父之後，做了很多善事，用信仰幫助了非常多病患，以及病患家屬的心裡調適，甚至在人過世之後的天主教式葬禮安排、感化癌症末期病患，都讓寶妮老師很感動，並對所有的事情感激，因爲她認爲，對社會有貢獻，才是最重要的事。自己也常常將舞蹈教室賺的錢捐獻給寺廟，現在，聽到別人稱讚自己兒子，就是寶妮老師最大的成就感來源，即便兒子還未婚，但聽兒子說自己全心奉獻給主，就也沒有特別催婚了，當然，寶妮老師還是希望兒子能娶一個新娘。

但，只有少部分的人知道，神父是不會也無法娶新娘的，他根本不喜歡女生。

我回到自己睡了兩夜的病房，雖然還害怕那個色慾薰心的大叔，但大叔就算膽子再大，應該也不敢繼續待在這，我迅速地收了東西，跟神父在停車場會合。

神父給了我一個很標準的微笑。

那個微笑曾經是我每天唯一想見到的東西。

坐在神父的車的副駕駛座，繞過那些抗議的真愛教會人士，以及記者，車子往山下開，開進了台北市區。

我不自覺地數著車窗外電線桿的數量，從一到十、再到二十，總是害怕漏數，回頭再重新數一遍，這樣的行為可以讓自己感到安心，但也同時增加焦慮。我控制不住這樣的習慣。

平常日的傍晚，街上的人群擁擠，陽光很刺眼，我瞇著眼看著這個熟悉卻又陌生的街道，心裡想……接下來，還會發生什麼事呢？

到了神父家後，我跟在神父後面爬上了四樓。

一打開門，一隻法國鬥牛犬衝過來，神父喊：「便當！」

神父抱了一下這隻狗，對著牠露出孩子般的微笑，甚至還親了牠一下。

這隻叫「便當」的法鬥，很激動地一直在我腳下繞圈子，然後興奮地看著神父跟我。

「便當！過去！」我開心地跟便當說話。

一臉倦容的神父把狗丟給我，就急忙去洗澡了。

我看看室內空間，這個我曾經非常懷念的空間。神父的家在台北市的一個老舊的公寓裡，沒有電梯，客廳不大，大約四、五坪，茶几上的燈散出橘黃色的光，整個空間都變成了昏暗的橘色，無裝飾的木板夾隔間，有一座通往夾層的臥房，抬頭就可以看到床，我坐在黑色的皮沙發上，感受到合成皮微微冰涼的溫度，滑了一下手機，覺得無趣，就把手機放在一旁。

再度拿起手機，看了一下，發現跟兩秒前的手機並無兩樣，又再度把手機放在一旁，就這樣重覆做了好幾次。

我必須做一些事讓自己分心。

跑去跟便當玩了一下，但馬上又覺得累。

我往前方看，眼前是浴室門縫的一道微弱光芒，耳朵聽到蓮蓬頭經過身體灑落地面的聲響，我曾經深愛過的男人，現在就在我眼前不到兩公尺的距離，沒穿任何一件衣服。

我似乎可以看到水從他略帶小麥色的肌膚上滑過，閃耀著光芒，我似乎可以看到，他的手搓揉著泡沫，在身體各處來回游移，就好像衝浪一般。

回到沙發上，想著想著，不自覺地睡著了……至少，我知道在這裡很安全。

不知道過了多久，我忽然醒來，看到窗外已經是一片漆黑，手機銀幕忽然亮了起來。

你在哪裡？

手機上顯示 Gino 傳來這個訊息。

我還在疑惑到底是誰傳訊息給我，這個 Gino 是誰？點開了對方照片，才發現 Gino 就是護理師小羅。

抱歉，我現在在神父家。

那麼急喔。

沒啦！只是覺得醫院很不安全。

你多久可以到延吉街？

大概二十分鐘吧！怎？

二十分鐘後見。

我這才想起來，小羅說今天要帶我去聚集地「鳥籠」，我都忘了，我躡手躡腳，走上樓，往神父的房間看，只看到神父脫下的襯衫，棉被呈現一個凹槽，人也不在房間裡。

心裡想，神父恐怕趁我睡著，跑去約會了呢，可惡的傢伙。

便當窩在臥室角落，睡得可熟了。

「便當，晚安囉！」我關上門。

我穿起衣服，拿起手機，留了張紙條，就出發前往小羅說的地點。

現在大概是晚上十一點，我這才意識到我剛剛昏睡了好幾個小時，站在街道上，冷風吹來，我反覆地摸著口袋裡手機的位子，再三確認手機還躺在我的褲子裡。好幾組陌生人經過我身邊，有的似乎是同類，用了曖昧的眼神跟我對上，但沒有一個人停留。

左肩後方忽然被拍點了兩下，我往左看，沒有人，而小羅站在右方對我傻笑。

「白癡噢……這麼老套。」我指著小羅，沒想到他也那麼頑皮，玩這種人在右邊故意點左肩的遊戲。

「走吧！」小羅勾起我的手，我下意識地看了一下四周，似乎這樣的舉動沒有特別引起誰的注意。

小羅穿著牛仔褲、黑色帆布鞋，以及一件寬鬆的白背心，跟在醫院裡面是截然不同的形象，這樣的穿著使他粗壯的手臂一覽無疑。

小羅帶我走進巷子裡一家小酒吧，叫「右道」。

雖然是市區，但今晚的空氣很潮溼，街道上雲霧氤氳，右道「Right Way」的螢光燈管不停地閃爍。

這間「右道」酒吧整體空間不大，外觀也不起眼，清水混凝土的假工業風顯得刻意，鑲著金屬的玻璃門被小羅推開，裡面昏暗，但看得出來只有幾桌客人，數了一下有六個桌子。很明顯那些人的下顎都突起，都是鳥嘴人，所以，這裡就是鳥嘴人聚集的地點嗎？

「周老闆好！」小羅戲謔地笑著。

「嗨！Gino。」吧枱後方的周老闆面無表情，深重的黑眼圈顯得整個人很像幽靈。

「嗯？周老闆好像心情不太好？」我這樣問，眼神一邊飄向四周。

「他就是這樣，你不要在意噢！」

小羅從口袋拿出一張照片，放在櫃枱，正是我今天早上給他的那張鳥嘴人的黑白照片。

「那先這樣囉！」小羅對我揮揮手，準備要轉身。

「什麼？小羅你要走囉？」我很驚訝的看著他。

小羅揮揮手，示意周老闆，周老闆指了指右方的通道，好像是要我走進去。

「不要再叫我小羅了，那是護理長才這樣叫我，叫我 Gino！我的任務結束囉！要回家補眠了！」小羅，也就是 Gino 往門口離去，留下有點不知所措的我。

我深呼吸了一口氣，往右方周老闆指的方向走去，狹長的通道，看不到盡頭。

我幾乎可以感受到腳底傳來的寒冷氣息，冷空氣透過微微龜裂的水泥地滲透，一個轉彎，來到了一座金屬造的門，我猶豫地敲了兩下。

門的另外一邊是安靜的，一片死寂，我站在原處不知所措，雖然才過了十秒，卻好像過了十個小時般一樣。

我討厭這種受人擺布、聽人命令的時刻，如果可以，應該是我掌控一切，而不是被人操控。

門開了，開的瞬間內部傳來了人聲跟些微的音樂聲，我走了進去，內部是一個狹長的空間，亮度稍微比剛剛的走廊還要亮，一個轉角，映入眼簾的是一個長方形的空間，大概是一個籃球場的一半，水泥色工業風的裝潢顯得大氣，四周圍包括地板都鋪著軟墊，裡面大概有超過一百個人吧，全部都沒有穿衣服，兩側都是狹長形的沙發，大部分的人不是坐著就是躺著，都在口交，跟被口交中。

門隨後自動被鎖上。

不，要說這裡是「房間」還不是最正確的敘述。

這裡應該是空間與空間之間，簡單來說，好像左方與右方的兩個建築物之間的空隙，在這巨大的縫隙中擺滿了像是「室內」的物品，但仔細一看，這個空間根本沒有結構可言，只是兩或三個建築所剩下來的場所，要說是一個巨大的、華麗的防火巷也不為過。

往上方看，許多線條根本不是垂直的，甚至可以看到微微的一條天空的隙縫。

這裡，就是「鳥籠」。但這個鳥籠關不住任何人，這是一個看似封閉的開放空間。

進入這裡之前的走道，就像是一個有歷程的隧道，穿過隧道後的此處，像是一個展示空間，後方聳立著金屬鋼板所交錯的形體，自由地在兩個建築物中間的這個巨大縫隙間穿梭，形塑出迂迴的開放性空間，這些迂迴的小空間，等於一個又一個的展示架，充滿着裸男在此交纏著，有的還被綁在牆上跟低矮的天花板上，硬挺著下體任人吸吮。

我感受到金屬板的冰冷，那些全裸躺在上面的人，應該享受鋼板溫度的刺激，彼此身體在另一人身上游移的抖動，就好像觸電一般。

他們都是個體，也都是彼此融入的一體。

我回過神來，假裝不在意地看著眼前幾個正在肛交的人，或著是說一團肉體。

要說跟肛交不一樣的地方在於，這些享受口交的鳥嘴人，並非很急促的在進行活塞運動，而是以一種享受的速度，不急躁的來回動作，一種享用美食般的態度。

許多人用極其淫蕩的眼神看著我，在這裡，穿著完整的我才是異類，於是我快速地脫下衣物，擺在牆上的格子空間，已經有幾個人靠近，來回地搓揉我的身體各部位，甚至還急躁地幫我脫下我的內褲。

可能以我這種健身後結實的身材，在鳥嘴人中也是受歡迎的，身材好到哪裡都歡迎，不過，更受歡迎的，應該是擁有巨大陽具的人，像是 Gino 那樣。

我很害怕，我還是第一次看到這樣的場景，但卻有點興奮，我緩緩地找空位坐下，也因爲被眾人的視線注視而感到羞愧，這才發現牆上掛著很多幅畫，貼滿了照片，甚至有的地方還是玻璃櫃，裡面放著一些被展示的物品。

看來，這裡就是鳥籠，也是一個表演場，更是一個鳥嘴人的展示館。

有兩個看起來年紀輕的人已經跪在我前面在貪婪地吸吮著我的下體、舔我的大腿內側，我很想抵抗，但卻被整個歡愉的氣氛所影響，似乎在這裡，什麼事都可以發生。

我很快速地搜尋了一下，因爲怕有認識的人也在這裡面。

地上很多人扭動著身體，像是蛇一般，彼此交錯繾綣，大部分的人都在享受，不論是被吹或是吹人，都深深地陶醉在其中，放眼望去，並不是所有人都是鳥嘴人，也有少部分像我一樣，沒做手術的人，在享受被吹的快感。

坦白說，這一切都是因爲好奇使然，否則我不會來接觸鳥嘴人，比起被吹，我更熱愛吹人，正想著該如何把這兩人推開，並且逃離此處時，我看到了一個引起我注意的人。

在這個大房間的另一個角落，一名銀髮油頭的中年男子雙腳張開坐在沙發上，沙發旁圍繞著很多人，這名中年男子的陽具漲紅，雖然不算特別粗，但長度驚人，並微微的往上翹，他神情自若，撫摸著底下那一群搶著幫他口交的人，好像那些鳥嘴人是他的寵物一般，他並沒有全裸，上半身套著全開的白襯衫。

但引起我注意的，是此人的身分，我今天稍早才在電視上看過他。

他就是民繁局局長，陳俊翔。

局長陳俊翔的身型健美，我暗自佩服，這樣的年齡卻有這樣姣好結實的身材。

他並非是充滿肌肉的雄壯，而是擁有漂亮線條的精瘦，感覺不到一點贅肉。

雖然有點距離，但我已經可以感受到他強烈的性吸引力，陳俊翔局長的肉體此時此刻散發著令人難以抵抗的魅力。

身爲一個政府官員，如此的大膽在這裡享受口交之歡，讓我感到很意外。

在靠近自己的對面牆邊，有兩個人在肛交，雖然是在場唯一一對肛交的人，但其他人也不會特別給予關注，或許，鳥嘴人的態度就是這樣吧，自由，想幹嘛就幹嘛，鳥嘴人也是可以享受肛交的，即便他們都認爲鳥嘴人的口交比肛交爽。

但真愛教會的態度就不是如此，他們因爲鳥嘴人而認定口交是污穢的，其實，這樣的想法才是真正的侷限了他們。

仔細一看，大吃一驚，那個在上鳥嘴人的，正是在醫院裡遇到的那位眼睛很小的大叔，看來，他正享受上鳥嘴人的快感，當然，那名鳥嘴人的嘴巴也沒有閒著，正在幫旁邊的一個白皮膚年輕弟弟口交。

那名年輕弟弟不得了，有著巨大的陽具，看那名鳥嘴人的嘴巴張大的幅度即可推算尺寸，含到底也還露出來一大截，那個年輕弟弟沒有十八公分也有二十公分。

我吞了一下口水。

大叔跟我的距離雖然算近，但他正沉浸在自己的淫慾之中，沒注意到我也是應該的。

此時，一名鳥嘴人從門口走進，面無表情地說話。

「那個，各位，不知道爲什麼，有真愛教會的人跑進來鬧。」

有幾人發出呢喃，但只有三五個人起身準備離開，大部分的人還是一副無所謂的樣子，繼續沉溺在自己的淫荒行爲裡。

我當然也站起身，拿起放在身後的手機，然後在櫃子上搜尋剛剛脫下的衣物。

怪了，剛剛衣服跟外褲內褲明明是放在這裡的啊，怎麼不見了？

眼睛餘角發現陳局長也站起身離開，也對，他堂堂政府官員，可不能被真愛教會的人發覺，不然很有可能被拿來大做文章。

其他人，就是一副無所謂的態度，或許，鳥嘴人就是這樣吧，身爲一個鳥嘴人，外在也很明顯自己的身分，所以，對於性這件事，是很開放的吧。

聽到外面有吵雜聲，應該就是真愛教會的人。

我怎樣找也無法在一堆衣服裡找到我的，我開始著急了起來，但門外的聲音越來越大，該怎麼辦？

好吧，只好先躲起來，等風波過了再回來找衣服，於是我跟著那零星的幾人從旁邊的小門離開，經過一個黑暗的空間，來到了一個停車場。

我就全裸只握著一支手機，默默站在停車場，靠在柱子邊，等待，此時，一台白色轎車經過我身邊，後座的窗戶降了下來，裡面是局長。

陳俊翔局長還是只穿著打開的襯衫，下半身依舊是光溜溜的，還可以看到他的下體似乎還沒有完全結束漲紅的狀態，呈現一個半硬不軟的樣貌。

「怎麼了？衣服找不到？」

「嗯。」我尷尬地笑了。

「要不要我送你回去？」局長露出色瞇瞇的眼神，好像要把我看光似的。

不，我現在沒穿衣服，是被看光沒錯啊。

這樣上他的車也滿怪，但是，局長徹底地激起我的好奇心，腦中浮現了很多種選擇的可能，就上車吧！我能損失什麼？唯有上車可以滿足我高漲的好奇心，他是一個政府官員，堂堂的局長。我想我應該能得到很多有用的資訊。

我點頭，局長退後，讓出位子，打開門，就這樣上了他的車。

無意間看到司機，司機樣貌俊美，兩側的頭髮剃得俐落，從後面看，鬢角很性感，因爲不敢看局長，所以就一直盯著司機的鬢角看。

心裡想，這個司機居然也是圈內人？如果是，那這個局長到底是……到底是怎樣的人？該不會跟司機也有染吧？剛剛在「鳥籠」裡面看到很多人幫他吹，這樣的畫面再怎樣都無法忘記。

「你叫什麼？」

「嗯？」

「我說，你叫什麼？你好可愛。」

我不敢相信這樣的形容詞在我有生之年會聽到。

「叫我小顧就好。」

「小顧，你住哪啊？」局長的手很快地放在我的大腿上，我抖了一下，全身起雞皮疙瘩，才講沒到兩句話，局長就伸出魔手，搞得我要推開也不是。

我隨後報了神父家的位子，希冀他能給我個遮蔽的東西再送我回神父家，這樣全裸讓我很不自在。

局長的手滑進我大腿內側，我很快地把他的手撥開。

「抱歉，不要這樣。」原本很想叫他「局長」兩個字，但忍住了，此時此刻最好不要拿他的身分刺激他。

不過，他難道不曉得自己是公眾人物嗎？我需要隱藏自己認識他的這件事嗎？

「你也很想要吧？」

我驚訝，這個局長到底在說什麼？他曉得他在說什麼嗎？

一瞬間，局長快速的動作讓我措手不及，他用力勾住我的脖子，熱吻我的唇，我死命的抵抗。

老實說，以我粗壯的手臂，肯定比局長的力量大，我要認真抵抗肯定是會成功的，但我卻在掙扎中讓他嘴跟手游移的動作都得逞，代表我是有點興奮願意被他染指的嗎？不！絕對不是！

「小顧，你好可愛。」我掙扎、並且搥打他，但卻任由他親吻我的頸部、胸肌，任由他手將我的大腿打開，我痛恨自己現在居然是微微勃起的狀態，即便嘴巴上一直喊著「不要！你走開！」但身體的狀態卻是矛盾的，我討厭這樣的自己。

「要開去哪？」司機冷靜地問。

「你就，隨便繞一繞。」

躺在後座被局長壓著的我，不停地喊叫，局長這時很冷靜地回答他。

「知道了。」

局長強吻著我，我可以感受到鬍渣微微的刺感，我必須很克制才能忍住回吻他的衝動，試著嘴唇都不要有動作，並且定時的將頭撇開，局長用力地撥開我的雙腿，我可以感受異物就要入侵我的身體。

「你要幹嘛！不要！不要！」

「你明明剛剛在裡面就一直偷看我……呵呵，真可愛。」

不知道哪裡來的潤滑劑，局長漲紅的下體就這樣順勢經過我兩片臀部的肉，插進我的肛門，而且還立刻就頂到底，我掙扎，試圖推開局長，但這樣的動作只會夾得更緊。

「幹嘛……你也很想要不是嗎？幹嘛裝！」局長笑著說。

局長的氣息摻雜著菸味，深鎖的眉頭讓人猜不透他在想什麼。

我已經流下眼淚，瞪著他，我痛恨這樣的自己，這掙扎而被強行進入的行爲，讓痛與快感交錯，這樣的矛盾困擾著我。

隨著局長用力頂的動作，我也發出規律的叫聲，我感受到局長的汗水味道，甚至感受到局長的腿毛在我的肌膚上來回的觸感。

有幾秒我甚至放棄了掙扎，抬頭看著窗外的天空，車在街區上來回兜圈子，霓虹燈照在窗戶上，穿過霓虹反射的光我看到了幾顆星星，汽車規律的轉圈，我似乎透過窗戶看到了一些樹與紅綠燈。

這個男人用盡力量來回的抽插，我可以感受到他的力道與速度，一個政府的高官，摘下了烏紗帽，不過也就是頭野獸，將他所有的精力發洩在我的身上，半推半就的我，感受到了無比強大的重要性，現在的我，正在用我的身體馴服這頭野獸，將這野獸的慾望發揮到極致，隨著兩人的叫聲，隨著車子的移動，好像兩人到了一個從來沒到過的地方……

這整個過程，我心中出現一個人的臉孔，那就是神父，神父這時候在做什麼呢？他回到家沒？會不會因爲我不在而著急？腦中因爲浮出神父的臉而感到羞愧，他好像正盯著我瞧，用一種鄙視的眼神。

局長忽然動作加快，咬著我的耳朵，輕輕地傳了一聲氣音，動作停止了，隨之而來的是身體顫抖了幾下，看來，他射出來了。

我含著淚，推開局長，坐起身，局長拿衛生紙幫我擦拭我的身體，我用力地揮開他的手，自己拿起衛生紙擦身體，也擦掉自己身上不知道是我的還是他的汗水。

「局長，自重。」我用力地說出這幾個字。

「我們很快會再見面的。」局長笑笑的，看了周圍，對我這樣說。

局長將我這邊的車門打開，我愣住了，正是神父家的樓下。

「小顧，再見！」

局長居然趕我下車，我就這樣全裸，身上都是汗，站在街上。

他看了我一眼，露出自信的微笑，然後車子就駛離了。

一切都太突然了。

還好我下車前有拿手機，我立刻打給神父，邊打邊按門鈴，然後看了街道四周，希望沒有人看到我。

局長居然是這樣的人，我深感意外，但我更在意的是，局長都這樣對別人嗎？除了我，還有別人嗎？想到局長都這樣玩弄其他男人，心裡就覺得很憤恨，希望他只對我這樣，我怎麼了，我怎麼會被弄成這副德性？我在吃醋嗎？不，絕對不是，我被佔便宜了！那個強姦犯，可惡至極。

雖然在被上的過程中，我腦子裡一直出現神父，但此時此刻，局長的影像卻映入我的眼簾，他可是堂堂的局長啊！我居然有這樣的機會跟局長發生關係，這可是今天我在看電視的時候萬萬想不到的事啊！他不怕我會揭發他嗎？還是，就算去告他也沒人會相信？

我上樓，拖著疲憊的身心，打開門，神父看到我這模樣，嚇了一大跳。

「怎麼了？你怎麼會這樣？發生什麼事？」

神父不捨地抱住我，甚至不顧我身上滿是汗水。

我想，我肯定不能跟神父講實話，這樣他會怎樣看我？

「你該不會！你到底去哪了！」神父責怪的眼神，堅定地看著我。

「我去鳥嘴人的聚會。」

「你，怎麼會去哪種地方？」

「哎，我不想多說，好嗎？什麼也都沒發生。」講完這一番話，我更感受到我的無奈與後悔，眼淚也跟著掉下來。

回到神父家的客廳，他抱住我，安慰式的，親吻著我，輕輕的、溫柔的吻，跟局長猛烈的激吻完全不一樣。

我抱著他，靠在他的懷裡，這，這不就是我一直想要的嗎？

神父的溫暖、緊緊地包圍著我。

我們躺在沙發上，電視裡傳來新聞畫面，浮誇的激烈報導聲音：

「慘絕人寰！今日晚間居然發生第三起命案……一名鳥嘴人死在病床上，是被毒殺的。是一名研究生，而稍早自稱主教大人的人士，也在網路上發布死者的照片！屠殺四起！鳥嘴人忍無可忍！」

我慢慢地推開神父，盯著電視。

「怎麼了？」

「神父，你剛剛去了哪裡？」

「嗯？我回教堂處理事情啊。」

「院長死的時候，你在哪裡？」

「嗯？不是跟你說了，當時，我買了宵夜在你的病房裡啊？怎麼？你還在懷疑我？」

「你是這樣跟我說的沒錯，但後來，我回到病房裡並沒有人，你比我還要晚進病房啊！所以，當時，你人到底在哪裡？」

室內的燈光，隨著電視的畫面，微亮又變暗，不停的變化著顏色。

你告訴我，我在哪裡呢？

【THE BEAK MAN】

第五章

簡威廉

我的腦筋一片空白。

以至於接下來不曉得自己在說什麼了，我不是在害怕，而是一切都被掏空的空虛感。

「你會這樣想，真的讓人很難過。」神父站著，眼神空洞地看著我。

那一瞬間讓我非常後悔。

「你還沒回答我問題呢。」我試著讓語氣比較輕鬆一點，並給了他一個微笑，試圖挽回凝重的氣氛。

我怎麼想，他又何嘗在意過了。

「如果我是兇手，你爲什麼會活到現在？」神父微微地嘟嘴。

「我不知道。」

「如果是我，知道你是顧廣毅的小孩，我應該在醫院就殺了你了，如果我是討厭鳥嘴人的真愛教會，還是你覺得，我還愛著你？」神父特別加強最後一句話的語氣，諷刺的字眼深深的坎入我心。

所以意思是已經不愛了吧。

沒錯，剛剛的深吻，我想也只是出於安慰吧。

「我們都分手那麼久了，只是，我怎麼想，你是主教大人的機會很大，畢竟……」

「要拿聖經來煽動大家，確實對我來說是簡單的事，我一直都是很有說服力的人，不過，你也知道我的個性，我們都那麼熟了，你知道我……是不會殺人的。」

「我相信你，抱歉……」

神父又再一次打斷我的話。

「我覺得醫院裡的情況太可怕，爲了保護你，把你帶來我家，而你卻質疑我？你都還沒說你跑去哪了，怎麼會全裸，身上還有抓傷？」

「我去了鳥嘴人的聚會，因爲我想要弄清楚鳥嘴人是什麼。」我還是沒有把Gino、也就是護士小羅的事情說出來，我現在還不曉得神父是不是跟真愛教會有關。

「然後呢？你幹嘛去哪種地方？」神父責備的語調，讓人格外感到窩心。

「然後我弄丟了我的衣服……」我說到一半，神父又打斷。

「所以你在哪裡跟別人……」

「我跟誰發生關係都不關你的事吧，還是說……你吃醋了？」

「哼……」神父諷刺的冷笑，看得出來他感到不屑，我有點後悔說剛剛那句話。

「我並不想當鳥嘴人，只是我覺得爲什麼我沒有權利當？爲什麼喜歡口交要變成一種罪惡？是誰定的規定？啊？」

「沒有誰規定，就是這個時代的法則，你可能很難想像，在早期的社會，同性戀是極度受到歧視的，舊約聖經上還說同性戀該被亂石打死……」

我心中冷笑，我們還不是活得好好的，而且因爲社會開放，價值觀的不同，越來越多同性戀出現，或著是說「出櫃」不是出現。不過，不在我們現在的討論範圍內。

我們聊了一下，隨後我洗了澡，穿上了神父的衣服，跟神父坐在沙發上討論案情。

便當也開心地汪汪叫，四處奔跑。

神父泡了一杯熱可可，品嘗一小口味道後，將那杯可可推到我眼前。

「這幅畫，是仿那個當代藝術家瓦特的作品嗎？這畫……」

我指著牆上一幅鳥的畫作，這隻鳥栩栩如生，羽毛、神韻都畫得非常細緻。

「這就是瓦特的畫。」

「真假，很貴吧！」

「你也曉得，我討厭複製畫，這當然是瓦特的真跡。」神父自傲地說。

「便當好像很喜歡瓦特呢！」我看著便當，牠正對著這幅畫吐舌頭、搖尾巴。

整幅畫的色調偏暖色系，光暈，線條的運用，都呈現一種動態的線條，一種優柔的美感蘊藏其中，這隻黃色的鳥正在樹枝上，準備展翅樣，半張的翅膀，激起一片又一片的羽毛飄散，每一片羽毛都由好幾道筆法堆疊，栩栩如生，我暗自佩服，這幅畫優美的韻味跟神父給人的質感確實相符。

「不過……你剛剛到底去哪？」我問神父。

「我去調查了一下資料，還繞去買了狗食，資料是跟我醫院裡的朋友拿的，就是那個護理長董百合，我跟她交情很好。」

原來是那個眼神銳利的護理長，想到她瞪我的表情就覺得毛骨悚然。

「我也想知道，那些死掉的鳥嘴人……」我疑惑地問。

「我正想跟你討論，第一起命案洪先生，過氣的插畫家，私底下是個交際複雜的人，常出入情色場所，所以很難判斷到底誰對他有殺意，或者應該說，可能有很多人恨他也說不定，他死的訊息一出，醫院那裡也沒聽到他的家人前來處理屍體之類的，只有一名自稱是他的大叔的人，跟你形容的那個要強暴你的人應該是同一名大叔，他也姓洪，是洪渙業的親戚，護理長說他神情落寞，魂不守舍。」

「哼，可是，我可是在鳥嘴人聚會裡看到洪大叔呢……玩得可開心的呢！」

「真的假的，或許這名洪大叔同時是洪先生的親密愛人吧。」

「不過，很難講大叔跟整個事件的關係，他看起來神智有很大的問題。」

「第二起事件，院長跟刺青哥的死亡，不久前你在院長室發現了一名陌生男子，你可以敘述一下他的外觀嗎？」神父問道。

「院長是一個美男子，體形偏瘦，我看到的那個神祕中年男子，身高矮，身材均勻，不像院長那麼纖細，而且表情非常有自信，看到我也毫不害怕……甚至還有點兇悍！但後來，對照新聞畫面，那個死在祕密空間地下室的吳孟漢先生是一樣的人，就發現，那個攻擊我又假扮院長的吳孟漢先生，死在地下室了。」

我邊說，神父看我的眼神越顯得緊張。

「然後在地下室，當時殺人犯還在裡面，可能才剛殺完吳孟漢吧！」神父回答。

我說出我的分析：「吳孟漢是真愛教會的信徒，肯定就是被主教大人唆使，他先殺了我的病房室友洪渙業，然後本來打算要殺了我的，可是我掙脫了，當時他戴著口罩所以我完全對他臉沒印象，於是後來在院長室找某個資料，被我撞見，但在院長室是爲了殺院長，所以沒有打算要殺我，他就在院長室等院長來，然後將院長還有刺青哥殺了之後，擺放成肛交的姿勢，隨後，主教大人可能覺得利用完他了，要滅口，就把吳孟漢信徒給殺了。」

「你分析的很有道理。確實應該是滅口，所以才選擇在地下室殺害，並不打算太快公開屍體，沒想到，我們就在那麼即時的狀況下出現了。」神父讚嘆我的分析。

我喝了一口神父泡的熱可可，握著溫熱的馬克杯說道。

「所以，吳孟漢信徒稍早襲擊你的時候，就看過你，自然知道你也只是個病患，所以就騙你說他自己是院長，更何況，你也是跟他一樣闖入院長室，他大可以假扮院長，畢竟，心虛的是你啊。」

「原來如此……」

「那爲什麼他不跟主教說遇到你呢？這樣不是可以讓他們有點戒心，就是我們知道有陌生人跑進去院長室。」

「恐怕也是害怕主教大人吧？畢竟這算是個失誤，當然，吳孟漢信徒也沒有料到，自己會被崇拜的主教大人殺害。」我回答，這些話語都是經過深思熟慮才脫口而出的，充滿合理性。

「不過，我們也不能跟警察說詳細狀況，這些得等警察自己查到。」

「沒錯……」我點頭道。

「會停電，應該也是主教的同夥，他的信徒弄的吧？」神父解釋。

「有道理。」

我還是不敢跟神父說，其實是小羅將總電源關掉的。沉默了一下，我才繼續開口。

「那，今天發生的第三起命案呢？」

我們看了一下新聞，新聞上說，今天上午被發現死在病床上的鳥嘴人，是一名研究生，跟他同一間病房的，是一個旅行社業務，簡威廉。

發現這名被毒死的研究生屍體後，同房的簡威廉也忽然失蹤，目前警方正在通緝簡威廉。

「簡威廉……」神父喃喃自語。

電視上不斷地放送死者生前的照片，並且敘述這名死者先前是多麼乖的學生，甚至在短時間內訪問到死者的母親跟父親，以及這名頭號嫌疑犯簡威廉的照片，這名簡威廉相貌普通，年約二十五歲，非常年輕，笑容還算是可愛，眼睛很大很圓，笑起來露出不整齊的牙齒。

「我看過簡威廉。」

「他就住在你隔壁病房。」神父說。

「我有印象，不過不是在隔壁病房，是在醫院室外的樹下看過他，當時他坐在長椅上，正在被吹，就在靠近院長室的地方。」

「是噢。」

「我會記得是因為，當時長椅是一個很亮的地方，但他就不在意別人的眼光，非常享受被吹的感覺……」我的眼睛都瞇起來了，打從心底覺得那時的畫面，真美。

媒體只是因為簡威廉消失，所以才擅自將他列為嫌疑犯。

腦中不自覺地一直重覆那天晚上看到簡威廉的情境，月光灑下來，摻雜著路燈的光，均勻地撒在簡威廉的身體上，他上半身著裝整齊，下半身褲子脫到腳踝，一手壓著另外一個人的頭，而那人正貪婪地吸吮著。

電視上出現記者現場連線的聲音：「……但另一方面，網路上也因為主教大人有張貼死者的照片，所以眾多網友也在網路上躁動，真愛教會被警方偵訊也都表示不清楚主教大人的真實身份，記者研判應該也是為了保護他們的首領，而這名主教大人透過網路散播前幾位死者的照片，警方也以主教大人為頭號通緝犯追查，據了解，主教大人透過程式隱藏其伺服器位置，警方網路上追尋到上千個電腦伺服器位置，呼籲民眾不要鼓勵與崇拜此謀殺行為……」

又是那名妝很濃的變性人記者，杜安九。

我跟神父都用手機上網看了一下，不用說，全台灣的人民都發瘋似的，探討鳥嘴人，不論是正方反方，甚至有超過十幾個社群專頁、網站在崇拜主教大人的獵鳥嘴行為，據說是主教大人散布的死者照片被廣為流傳、所有的論壇、網站上都被相關訊息擠爆，不論是支持鳥嘴人或是不支持。

「天啊，這樣子根本無法追查照片是哪來的，被瘋狂轉貼。」

「是啊，所有人都瘋了。院長的家人也決定控告醫院，告醫院疏失。」神父感慨地說。

「原本只是男同志族群內部的對抗，現在變成全民議題了，甚至很多異性戀都在發表自己的意見，說自己想不想動手術之類的。」

「很無聊，這明明就跟他們無關啊。」

「但只要有發表言論的機會，鄉民就不會放過。」

神父打了通電話，然後站起身。

「我剛剛透過醫院的資料，查到簡威廉的住處，要不要去查查看？」

「好……」

便當好像聽得懂我們說的話似的，跟著汪汪叫了兩聲。

隨後，我坐上神父的車，我知道我們這樣的舉動很愚蠢。

「這樣好嗎？」

我反覆確認門已經關上後，對著神父提出疑問。

「能有機會弄清楚事情，我就要弄清楚，不可能光靠警察跟怪獸吧！」

車子在市區移動，開到一個微微上坡的住宅區，旁邊就是一座小山坡，現在是靠近中午的時間，在路的盡頭，我看到許多車輛以及閃爍的閃光燈。

果然，媒體搶先了一步。

神父將車停在路口，沉默不語。

「一二三四……七……有七台衛星轉播車。」我不自覺地數了車輛的數量，喃喃自語說道。

我打開手機，找到網路的新聞頻道，並將聲音開大。

「……記者杜安九現在正在簡威廉的住家，按了許久的門鈴卻沒有人反應，但周圍的住家表示早上有看到簡先生回到住處，恐怕簡先生是畏罪！肯定是兇手！」記者用誇張的口氣替簡威廉定罪，並且開始放出簡先生的兒時照片。

「簡威廉，台大畢業後從事直銷工作，在旅行社當業務，同時也在全世界最大的直銷公司美麗安……是個廣結善緣的人……」

「記者是白癡嗎？兇手怎麼可能是一個鳥嘴人啊！不是就說是真愛教會的主教大人……」我憤慨地說。

難不成記者要下一個「主教大人是鳥嘴人」這樣的荒謬的標題？

當時我在醫院戶外長椅看到簡威廉的時候，我看著他很開心的享受一切，幫威廉口交的人是背對我的，所以我也不知道到底是不是那位研究生死者。

「看來警察還沒到，記者就先到了……這些怪獸，恨不得所有的人都慘死……」

「也是我們把這頭怪獸一手養大的啊……」

「確實。」

神父感慨地說，但神父應該也怕這頭怪獸，所以才將車停在此處，如果我們被拍到，豈不是被拿來大做文章。

此時，記者杜安九忽然表情恐慌，發出驚呼聲。

「安九現在接到驚人的消息！因為簡先生遲遲沒有回應，基於擔心簡威廉逃走的狀況下，工作人員不顧觸法的可能，也不顧可能會被簡威廉殺害的可能，進入簡宅，卻發現！簡威廉倒在自己的床上！判斷已經死亡！」

我心想，這個杜安九講話好奇怪，一句話裡就有三個「可能」。

新聞畫面是一群記者跟攝影師在室內拍攝的狀況，同樣的一直閃爍相機的閃光燈，而那個笑容可愛的簡威廉，如同記者所說，倒在床上，頭往後仰，身體一半懸掛在床邊，表情掙扎，跟印象中在醫院被口交的表情，有如天壤之別。

「簡先生，簡先生，您還好嗎？」這名濃妝記者正用手在搖晃簡威廉的肩膀，簡威廉一動也不動。

「記者安九研判，簡先生已經死亡！看來兇手另有其人……」

我跟神父對看，媒體這隻怪獸已經徹底失控了。

這名記者一直用第三人稱敘說事件，也是頗討人厭。

「記者安九現在忽然聽到！在廚房有聲音！天啊！」

攝影機往前，忽然看到遠方窗戶一個影子閃過，記者們追上前。

「看來剛剛屋內是有另外一個人的！方才安九入內才從窗戶離開！此人肯定就是兇手！」

我跟神父往約略一百公尺的遠方看，果然記者們一陣騷動，遠方就聽到那位變性人記者的叫喊聲，然後一名男子戴著安全帽，逃離記者群，衝往我們這個方向，以很快的速度上了機車，趁記者群還沒趕上的時候，騎車逃離現場，這名男子穿著淡藍色襯衫與牛仔褲，戴著全罩式安全帽，遠看也根本看不出樣貌。

我下車，想要看清楚迎面而來的機車騎士，騎士果真往這個方向騎來，然後轉彎離開，但在機車最靠近我的那一刻，我與這名男子對看了一秒。

「是大叔！」

「什麼？」神父也下車，聽到我驚呼感到詫異。

「就是那個大叔！」

「他怎麼會在這裡！」我跟神父隨後都上車，並不是我們要追過去，而是媒體的車輛往我們這邊而來，我們都紛紛躲進車內。

「就是那個洪大叔。」

「你確定……」

「不會錯的，我記得那個細長的眼睛，我印象會那麼深刻是因爲，當時我覺得他長得像羊，沒錯，我很確定是他。」

「他去簡威廉的家做什麼？」

「難不成……他就是主教大人？」

「……」神父說不出話來。

「現在連簡威廉也被殺了。」

記者的車輛經過眼前，瞬間街道變空，然後警方才趕到現場。

「警察現在才來。」神父不屑。

「嗯，那我們走吧？」

神父將車發動，此時忽然聽到後方巨大聲響，嚇得我們都閉上眼睛，回頭看一看，一個磚塊正卡在車後玻璃上，仔細一看，大叔騎著車，站在我們不遠的後方。

「他繞回來了！是大叔！他想幹嘛？」我驚呼。

大叔下車，手中拿著大鎖往我們衝過來，神父立刻開車，卻來不及躲避，大鎖用力地砸向駕駛座的窗戶，所幸窗戶沒有裂開。

車子很快奔離現場，我喘著氣，情緒緊繃，到底發生什麼事？

「大叔爲什麼要攻擊我們？」神父疑惑。

「不曉得！他本來就精神狀況有問題……」

後方聽到摩托車引擎聲，我看了一下後照鏡。

「大……大叔追過來了！怎麼辦？」我害怕得幾乎要尖叫了。

「嘖。」神父咬著嘴唇，皺著眉頭，看似在想解決方法。

大叔就這樣一路追了我們好長一段距離，即便神父將車開到快車道，大叔也毫不猶豫追上來，並且將車騎到神父駕駛座旁，就算神父在禁止騎機車的道上，也不見任何警察追過來。

「他到底想幹嘛！」神父聲音有點破音，我從來沒看過他那麼慌張過。

雖然隔著門，但我可以徹底感受到大叔的殺意。

我將座椅躺下，爬到後座，打開窗戶，拿車內的東西丟大叔。

丟了一個硬的衛生紙盒，沒砸到大叔，於是我拿起放在後座的聖經。

神父從後照鏡看到我拿起聖經，大叫。

「不要拿聖經啊——」神父失聲慘叫。

我將厚重的聖經往大叔頭上砸，砸得正準，命中要害，大叔連人帶車往旁邊跌，一個大翻車，我們就甩開他了。

「主保佑我們！」我大喊。

神父雖然表情有點不爽，但也只能無奈，繼續開車，即便現在已經脫離危險，但我們都還驚魂未定，最可怕的就是遇到無法控制的事物。

「大叔到底想幹嘛？」神父疑惑地問。

「可能還怒我們吧！」我聳聳肩。

神父的車在街道上繞了幾圈，窗外路旁是一排又一排的樹。

一個轉彎，又聽到熟悉的機車聲在後方響起，像是宣告我們的災難一樣。

大叔騎著車，出現在我們正後方。

「他又來了！」我尖叫。

大叔很快地將車騎到了駕駛座旁，用力撞向神父。

因為這一撞太突然，神父一不小心用力踩了一下油門，車子立刻爆衝，直接撞到前方的電線桿。

擋風玻璃半碎，安全氣囊爆開。

電線桿都被撞得有點歪掉。

一瞬間我跟神父都無法意識到底發生什麼事，我的臉埋在安全氣囊中，無法呼吸，我立刻打開門，爬向車外，視線模糊。

「你……你沒事吧？」神父喊著。

我還沒回神過來，蹲在地上，試圖看清楚眼前的一切。

煙霧之中，只看到大叔站在原處，冷冷地看著我們，並且慢慢的往我的方向走過來。

大叔脫下了安全帽，丟在地上，手上還拿著那把大鎖。

「你……」我好不容易吐出一個字。

我才站起身，想要抵抗，大叔用力地將大鎖往我臉上敲，那一瞬間，我可以感受到我嘴巴的傷口全部裂開，大鎖金屬的觸感坎入我的肌膚裡，他的力量太大，我全身失重，往旁邊跌去，臉直接用力撞向汽車鈑金。

接下來我就失去意識了。

迷茫之中，聽到神父細碎的吵雜聲。

「小顧！」也聽到神父吶喊我的名字。

再來我就什麼都不記得了。

【THE BEAK MAN】

第六章

護理長

頭好重，重得像是消波塊壓在我頭上，讓我的頭深深地陷入床墊裡。

我醒了，很明顯的，我回到了醫院。我睜開雙眼看了一下四周，似乎就是原本的病房，我怎麼都想不起來，爲何我又回到了這裡，難不成一切都只是夢？我又回到了原點？

會不會我往旁邊看，洪渙業還躺在旁邊的床上，還活著？

洪渙業，還有詭異的洪大叔……

忽然我想起來所發生的事情，對了，我被大叔襲擊，我迅速地摸了一下臉，回憶大叔攻擊我的部位，怪了，摸起來不像是我的臉。

這是誰的臉？

這是誰的臉？

我的頭好暈……臉也好腫，到底發生什麼事了？昏暗中，我忙著找鏡子，我下床，手卻被點滴牽扯住，我抓著點滴，往廁所走去，一個失去平衡，跪在地上，喘氣了幾聲，我往前爬，終於我看到了鏡子。

我簡直不敢相信我眼前所看到的。

可能這一輩子都不會忘了這一幕吧。

我的眼前是一名鳥嘴人。剛動完手術還在發腫的臉。

從一開始我就不想成爲鳥嘴人，一直都不想，我幾乎喘不過氣來了。

究竟發生什麼事？

我顫抖……似乎體內的火山要爆發，一種由內而外的厭惡感，我終於吐了出來。

這樣我要怎麼面對人？以後走在街上人家會怎麼看我？一看就知道我是鳥嘴人，沒錯，就像我嫌棄他們的眼神，難不成從今以後我也要忍受那種眼神？

我坐在廁所地上，發愣，冰冷的瓷磚、潮溼的空氣、身體發出的細碎吵雜的聲響。

我抬頭看見鏡子的反射，有個男人驟然出現。

「你怎麼了！」是熟悉到不行的聲音，神父。

我憤恨地大叫，不想讓神父看到我這個難看的樣子，我的臉腫得跟豬頭一樣。

「小顧！」神父抓住我的肩膀。

我無法接受那麼醜陋的自己，毫無隱藏的顯露在神父面前。

神父將我攙扶起，讓我回到床上，幫我把點滴吊回原處。

「還好嗎？」

「我……我的臉……」

「前幾天一定會很腫的啦！但不是永遠這樣，過幾天就好了。還會痛嗎？」

「很痛。」我已經沒有力氣多解釋我的心情。

聽完神父的解釋，我才知道，我的下顎整個裂開，得進行正顎手術，神父就主動要求幫我動鳥嘴人手術，而且護士小羅有我的鳥嘴人手術同意書。

「我還特地請我比較信任的醫生動刀，不是那個劉醫師，我不信任他。你可以放心，後遺症是根據體質，大概三個月就會完全恢復。」

「其實我不是很清楚鳥嘴人手術……」

神父微笑解釋。「鳥嘴人手術分爲兩個階段，第一個階段就是口腔內部的改造，會透過培養的肉芽縫合在內部，增加內部的表面積，也是爲了增加摩擦度，早期的鳥嘴人手術是模仿自慰套的內部複雜結構。」

「第二階段，就是下顎手術，有點類似戽斗的正顎手術，只是一般手術是磨骨縮小下巴，鳥嘴人手術是相反，增加下巴的厚度，目的是爲了容納更大的陰莖，所以才會外觀看起來像鳥嘴。」

我心想，所以，Gino小羅只動了第一階段的手術，所以才看不出來有鳥嘴。

而且，我已經無力再去反抗自己變成鳥嘴人這件事實。

「嗚……」我緊抱住神父，神父也沒有抵抗，用手溫柔的安撫我。

神父的手指在我的背上游移，我幾乎可以感受到他指尖的熱度。

「我好害怕……」

「不要怕。」

「你……」我欲言又止。

「什麼？」

「你會一直陪著我嗎？」

「當然啊。」

「真的嗎？」

「真的。」

「拜託你不要離開我。」我已經有點不太清楚我在說什麼了。

「好。」

「謝謝你……你對我真好。」

因爲這個手術也有動的必要，更何況之前我的舉動讓Gino認爲我想加入鳥嘴人，所以被誤會也是無可厚非，既然已經走到這一步，我也只好享受當鳥嘴人的快樂吧……或許這就是我的命運。

「那，你沒事吧？大叔他？」

「沒事，大叔把你打昏後，我也跟他搏鬥了一下，當時，在簡威廉家的警察很快就聽到我們的聲音，趕過來，大叔就跑了，我也跟警方敘述狀況，現在，警方正在通緝大叔，那個大叔其實有前科記錄，有跟蹤過人，所以警方都有他的資料。」

「那就好，希望大叔早點被發現。不過，鳥嘴人手術很貴吧？是誰出這筆錢的。」

「是我。」

「喔？很貴耶……」我露出不可置信的表情。

「沒關係，你不用急著還。」神父摸了摸我的頭。

「爲什麼要主動要求幫我動這個手術？」

「因爲你有這個需求啊…」

「是嗎？我有說我想當鳥嘴人嗎？」

「你那麼愛口交。」

「可是……這樣也……我忽然想起來，我們以前在一起的時候，你就有要求過吧？」我提出疑問。

「我當時只是建議。」神父淺淺地微笑。

當年，我們會吵到分手，就是因爲他建議我去動鳥嘴人手術，說來很怪，但當時的他確實很認真建議我去動手術。

「當初你建議我動手術，就是因爲可以幫你吹吧！」

「當時你是我男友，不是你吹是誰吹？」神父手一攤，露出傻笑。

「你幹嘛不去找別人吹？」

「不要啊，我有男友，當然希望男友幫忙吹，不過是那個時候，現在時代又不一樣，口交因爲流行，被重新檢視，現在口交是鳥嘴人特有的行爲，你可以變成鳥嘴人，不是很好嗎？你那麼熱愛口交。」

「話不是這樣說的，」

「小顧，你可以大方地承認啊，這也沒有什麼不好的，你不覺得你很矛盾嗎？」

說得沒錯，我是很矛盾，也佩服神父轉移話題的能力，原本在講他自己的希望，說一說變成我的希望了，但這個世界上誰不是矛盾著生活？道德永遠跟慾望成反比。

同時，也爲自己剛才不能接受變成鳥嘴人的態度，感到些許愧疚，畢竟是神父出的錢，多少也不該那麼沒有禮貌，還掉眼淚，縱使再多的不情願，也是逼不得已的。

當年，我們還在一起的時候，他自私地希望我去動手術，甚至願意幫我出手術錢，這讓我很不解，我覺得我的身體樣貌就是這樣，一生下來就是如此，何必需要動手術，爲了滿足另一個人？當然，他說的也很對，我是熱愛口交，這個時代也告訴我，我必須選邊站，我不能像寓言故事裡的蝙蝠一樣，兩邊不是人。

「也是，謝謝你，你總是那麼貼心。」

「好啦，不要想太多了，你才剛動完手術，麻醉也還沒完全退吧，好好休息啦！」

「嗯。」我看著神父溫柔關切的眼神，心態也漸漸調整過來。

或許，我真的想成爲鳥嘴人吧。

也或許，老天給了我這樣的機會，徹底改變我的人生。

過了兩天，醫院外面還是很熱鬧，第三天我就出院了，抗議的人已經變得比較少，我被接回神父家，一個禮拜都只能喝牛奶跟豆漿，每天都在腹瀉，就算吃藥也沒有用。

我過了很長一段恢復期，一直不斷地在想，這樣真的是值得的嗎？

一個禮拜過後，開始能正常食物，但都得磨成泥。

神父很細心地將食物都丟進果汁機裡攪碎，然後才出門去上班。

我就在家裡看看電視、冰敷傷口，每天都要敷十次以上。

我想我的恢復期跟一些大型手術比起來，應該算好的吧，我不禁想，那些整型的女明星，也都是這樣熬過來的吧！痛苦幾個月，換取一個美女的人生。

等了三個禮拜，已經可以正常出門，我開始出外找打工的工作，希望補貼一點神父的水電費，但神父笑著說不用，每天都很關心我是否恢復，對於這點我很感激。

走在街上，徹底感受到路人對我的視線之不同，很明顯的，我是一個鳥嘴人，有的人看到我自動會避開，有的人看著我笑了一下，這樣的外表，根本就是在拿大聲公對所有人喊「我愛口交」。

我根本不喜歡這樣的狀況，我討厭這樣的自己，曾幾何時，喜歡口交這樣的興趣，我只留在室內的床上，只屬於我，還有與我口交的人，為何我得這樣大刺刺地向世界宣告？

心中浮現「鳥籠」這個聚集地，想起那個臉臭的周老闆、還有那個空間滿滿的淫蕩人群。

當然另一方面我也輕鬆了不少，因爲我完全可以預料到誰對我會有怎樣的神情，當然不少同志朋友看到我露出性慾的表情，好像在對我說「來幫我吹」。

隨著手術恢復期的結束，我開始期待，等到我全好後，可以開始幫別人吹的時候。

真讓我性慾高漲難耐。

大白天的，在樓與樓之間的空隙，有人在口交。

一名戴著墨鏡的男子正背靠在牆上，他的前方跪著一名鳥嘴人，正貪婪的用力吸食著，兩人完全不顧路人的眼光，興奮的、炫耀似的享受口交。

我不會不能理解就是了，畢竟我跟這些鳥嘴人說的是同樣的語言。

不過，對我來說，這樣的行爲，這樣的場所是骯髒的，我默默地吞了口口水，繼續前進。

學生時期的我曾經去過北京，當時覺得怎麼會有滿街的小攤販，每一個街角都有，裡面都是賣菸，更不用說北京的路人兩個就有一個在抽菸，當時的自己覺得納悶，菸這種危害社會、危害健康的東西，何不管一管，戒一戒，有礙觀瞻又臭氣沖天，當然自己抽過菸之後，也覺得抽菸是一件沒什麼的事情，不過，我常常在想，這世界上如果沒有菸酒，大家只會死得更快吧？

一個沒有菸酒、沒有毒品、沒有色情的烏托邦，人們只會招致毀滅吧？

如果你真的看清這個世界，就會知道他有多醜陋。只要是人，就得做骯髒事，那些明明知道不好卻一直重覆再做的事。

真正的烏托邦在哪裡？我在「鳥籠」看到了，大家不分彼此，脫掉代表身分的衣物，只純粹追求「性」的更高體驗，在那裡只有快樂，沒有任何痛苦。

甚至因爲手術的關係，還有對於外表的追求，個體間的差異越來越小。

隔天上午，我跟神父剛起床，在黑色的餐桌上彼此面對著。

桌上是一大杯蔬菜汁，因爲我還不能吃固體食物，所以神父榨了這杯偏綠色的蔬果汁給我喝，我也沒特別問裡面是什麼，就一口喝光。

「喝慢一點！」

「好啦……」

「等下我要去市區買東西，你有要什麼？」

「沒有。」

「好，你傷口有好一點嗎？」

「有啦，對了，你可以幫我買一個東西嗎？」

「當然。」

「幫我買一個銀戒指。」我摸著自己的手指。

「爲什麼？」

「嗯……我爸離開家裡後，我跟媽媽整理他的書房，有發現一個銀戒指，我戴了滿久的，但現在弄丟了，我知道是某個牌子的，我現在這樣不方便去那裡買，你幫我買好嗎？」我拿出手機，給他看戒指的樣式跟品牌，他點點頭。

我的目的是要把神父支開，讓他多花一點時間離開家裡，這樣我才能偷偷去某個地方，當初神父給我一大把鑰匙，我相信其中一把就是那個地方的鑰匙，平時他如果去上班，鑰匙會放在身上，只有放假的時候，鑰匙才會放在臥室裡面。

而那個我指定買戒指的地點，是神父搭捷運就可以到的地方，神父也不會開車去，就很有可能不帶鑰匙出門，因爲我在家。

至於是什麼地方，這要從四年前我還跟神父在一起的時候說起。

果不其然，他直接出門了。

說到神父這個人，神父是一個很愛乾淨的人，所有的東西他都會擦拭一遍，所有穿過一次的衣服他都會回到家立刻清洗，神父就連說出口的話，都是修飾過，不太會有贅詞，我一直覺得，像他這樣的人，不會有任何缺點展現出來。

直到我發現那個房間。

怎麼樣都不會覺得跟神父有任何關係的房間。

四年前，當時還跟神父在一起的時候，我就疑惑過，爲何有的時候，他會忽然消失不見，完全不知道跑去哪，電話也不接，問他，他只會說正在走路，或是逛書店，大概每一周都會有幾個小時是找不到人的。

起初我還沒有多想，認爲是自己多慮了，只是，某次看到他的那把鑰匙，數了一下數量「鐵門……車鑰匙……辦公室……大門……內門……怎麼數，都多一把，那把鑰匙是哪裡的？」這樣的疑惑一直無法解開，我漸漸無法忍受，所以，某天固定時間，他說要出門的時候，我跟蹤了他，發現他來到在高架橋下的一個小小的房子，一個很不起眼的鐵皮屋，他進去，然後，在裡面待了幾十分鐘。

我終於忍不住了，當時的我認爲，裡面一定有其他男人，就直接走過去，打算如果真有其他男人的話，就跟他攤牌，豁出去了。

結果我靠近鐵皮屋，透過窗戶，我看到了極其難以置信的一幕。

那是一個非常骯髒的房間，裡面散發出極度的惡臭，像是酸掉的剩菜桶，也像十天沒洗澡的腳臭，我捏住鼻子，試圖從毛玻璃窺看室內的場景，室內堆滿了各式各樣的雜物，像是一個儲藏室，滿地都是垃圾，飲料罐、還有髒污，溼黏的空氣，天花板都是斑紋，牆上都是鏽斑……

當時神父就全裸躺正中間一個床墊上，面無表情，應該說，安穩。

原來，像神父這樣有潔癖的人，擁有一個誰都不知道的骯髒房間跟怪僻。

在這個房間，神父盡情地釋放自己的負面，平常過於壓抑的反效果，完全呈現在這裡吧！

現在，趁神父離開幫我去買戒指時，我跑到了神父的臥室，順利找到那把鑰匙，然後立刻離開他家，往那個高架橋下的小屋。

敢那麼大膽是因爲，高架橋下的小屋離神父家很近，不到一百公尺而已，來回綽綽有餘，除了我恐怕沒有人知道那間小屋的存在。我奔跑著，不顧路人的眼光，來到了一個無人小巷，經過小巷，轉角就面對高架橋。

「這個房子……裡面一定有什麼。」

我再次仔細端詳這棟鐵皮屋，金屬原色的牆面帶點些許鏽斑、白色框的窗戶跟門，就像當年看到的一模一樣。

這個長方形的建築，表面明顯的輕型鋼結構外露，一條一條的垂直插入地面，在焊接處因爲沒有補漆的關係，全部都生鏽了，遠看有一種錯落的花紋效果，金屬銀色的外觀，規律起伏的鐵皮屋外殼，感覺隨時會刮傷人，斜屋頂撲滿塑膠的假瓦片，瓦片縫隙都積水發霉，更顯得骯髒。窗戶一旁還有空的冷氣鐵架，可以推斷此處原本是住宅沒錯，但空的冷氣架反而透露著此處無人住的空虛。而且因爲屋子上面是高架橋，旁邊又是比較高的建築物，光線不會直射，所以整個環境非常潮溼。

我爲了探究神父的祕密又再度造訪，內心百感交集。

當初這個祕密，我誰也沒講，至少神父不是瞞著我跟別的男人亂搞，而只是有自己一個神祕的、不爲人知的小房間，所以我一直是裝作不知道。

正面有四個連起來的窗戶，窗戶已經夠小了卻還有銀灰色鐵窗架，鐵窗架反射光亮，很明顯比整個屋子的年齡還要新許多。

我憑著印象，走到了小屋門口，拿起鑰匙，比對了一下，非常順利地就將小房子的門打開。一打開門，隨之而來的惡臭味、空氣中瀰漫著腐敗味，但都不能阻止我進入這個房子，這個房子除了水泥隔間的廁所外，就只有一個大空間，跟記憶中一樣，堆滿了雜物，雜物上都積滿灰塵，很難想像跟不遠處一塵不染的公寓是同一個主人。

到底，在這個祕密的骯髒空間，神父有得到了什麼？又在這邊發洩了什麼？

我像是模仿神父一般，躺在正中間的床墊上，一邊還是捏著鼻子，無法忍受這個空間的惡臭。

然後，我看到一些雜物後面，有三個堆疊起來的紙箱，這三個紙箱比較新，並沒有積滿灰塵，我起身靠近，我摸了一下，感受紙箱的重量，意外的滿輕的，就偷偷把最下面的紙箱打開來一點點，往內瞧，結果，這裡面……是一整箱的紅色口罩。

神父，果然就是真愛教會的人。

不，就算他是真愛教會的人，那又怎樣？

我很快地將紙箱恢復原狀，將門鎖好，又回到了神父的公寓，假裝一切都沒發生。

每個人都有自己的祕密，就好像前院長也有自己的小娛樂空間，這沒什麼好大驚小怪的，就像我，也有自己對於口交的怪癖。

我欲走回神父家，看到在神父家一樓鐵門前面，有個穿著洋裝的短髮女子，簡單樸素的素色裙，拿著手機，抬頭往神父家的窗戶看，她來回踱步，意識到她是誰我才急忙停下腳步，將身體隱藏在轉角處。

她就是護理長，董百合，穿著便服的她判若兩人。

這個女人來這裡做什麼？表情若有所思，跟平時在醫院裡兇悍的她完全不一樣，我其實不是很喜歡這個女人，一種直覺吧！

但我現在不能在此處停留，萬一神父回來，就會發現我不在家裡，更會被他發現我請他買戒指只是支開他的幌子，若神父就是主教大人，後果不堪設想，護理長董百合恐怕在這裡等他，依照她的狀態，看起來並沒有跟神父約好，因爲手機還拿在手上，而且不時地往樓上張望，看來她是有其他的目的，這樣一想，完全引起我的好奇心，我就姑且一試吧，上去攀談好了，如果根據我的推斷……

「嗨！百合。」我走上前，故意叫她的名字，而不是在醫院裡的「護理長」稱號，就是想故意與醫院裡的病患身分切割。

董百合果然嚇了一跳，不僅是因爲被叫本名而嚇到，更是因爲在這裡看到我而意外。

「喔……顧先生。」

「百合怎麼會在這呢？」

我再度強調我知道她的本名，目的是希望不要被這個女人的強勢影響而失去主控權，因爲這裡是神父家，已經不是醫院那個她可以控制一切的場所，所以，在這裡，她應該要聽我的。不知道爲什麼，動完手術後的我，似乎變了一個人，變得更在乎自己的感受，更希望自己擁有一切事物的主導權。

「我來找神父，你呢？顧先生，您的傷口好了嗎？」百合輕鬆的語氣問。

想透過關心我的傷口來強調自己的身分啊，百合，不會讓妳如願的。

「妳有跟神父說了嗎？」

「嗯，還沒，臨時來找他的。」百合淡漠的看著我，似乎還在摸索，想弄清楚我在想什麼。

我在想的是，看這個女人的眼神，她恐怕是愛上神父了，而且是徹底地愛上他，多半不曉得神父的性向，所以才癡癡的愛上他。在院長室發現院長屍體的時候，我就有這種感覺，當時百合用激烈的語言與情緒指責神父，但並不是那種指責兇手的態度，而是一種「你怎麼可以在這」的關愛與憤怒夾雜，從那時候開始我就察覺百合對神父超乎一般同事的情誼了。

「我的傷口好很多了，謝謝百合，要不要上來坐坐？神父快回來了。」

我拿出鑰匙，無意地在百合前面晃一晃，宣示自己的地位。

從百合沒有打給神父的這一點看來，恐怕是打了神父也會拒絕她的邀約吧？所以才會自己跑來神父家，想要直接來找神父，怕被拒絕。

看樣子，恐怕百合不是不知道神父的性向，而是知道了，卻還是無法自拔的愛。

如果我就這樣上樓，回到神父家，這樣日後百合應該也不會提起我們在一樓碰到面的事，她也不需提起。

如果百合隨我上樓等神父，百合應該也不會特別提起在一樓等很久才等到我出現這件事，很好，目前的局勢，對我有利。

我用一種很習慣的方式開門，並示意百合一起入內，百合疑惑了一下，隨後繼續說話。

「不用了，我只是剛好經過，看神父在不在而已。」

「妳要去哪裡？」

我默默地看了一下她全身的穿著，似乎是有特別打扮的樣子。

「要去買個東西而已啦，倒是顧先生真好，今天放假吧？」

「是啊。」

「我也是難得今天休假，你知道，護理人員工作時間都很長。」

「辛苦妳了，而且難得看到妳化妝，差點認不出來呢！」

「哈，對啊！好啦！不跟你多說了，我還有事呢！」

「真的不上來坐坐？神父快回來了。」

「不用了啦！」百合尷尬地笑了。

「我會轉告他，妳有來過的。」

這句話很明顯是在試探，從她的回話就可得知兩人關係了，如果只是醫院工作上的往來，那沒有什麼好不講的，甚至她自己就可以親自跟神父說。

但，如果已經超越友誼，她才會在意我的介入。

「不用跟他說了，反正不是什麼大不了的事。」

「好吧。」

「所以你……現在都住在這？」感覺百合是早就想問這個問題，終於鼓起勇氣才問。

「是啊，想說都『在一起』那麼久了，住一起也好。」

「喔……是噢。」百合露出一個非常深邃的微笑，好像看到可愛動物般的笑容，相信她用這個微笑隱藏了很多自己的情緒，不管是在這裡，或是在醫院裡面都是。

「真是的，神父都不跟我們講。」

「啊！對不起！妳不要講噢！我們沒有公開。」

這樣說，一半是確保百合不會跑去跟神父講。但，根據我的判斷，她是不會提起的，因爲提了只是增加困擾，就算她去找神父求證也無傷。

因爲目前的局勢看來，她肯定對神父是單方面的迷戀。

「好的。神父一直隱藏的那麼好，他應該叮嚀過你不要跟別人講吧？」百合笑著說。

「對啊！傷腦筋！我完全忘了！」我露出調皮的表情。

「好啦，我不會跟別人講的，先走一步囉！」

百合不自覺的轉了一下手上的金色戒指，轉身離開。

我關上鐵門，立刻衝回神父家。

我不太曉得百合剛剛所說的「隱藏」是什麼意思，是她不曉得神父是同性戀，還是她知道神父是同性戀，卻不知道神父有另外一半，如果是前者，那我就是直接幫神父出櫃了。

不過，就她堅毅的表情看來，她不是會因此就放棄的女人。

現在想想，這也是爲什麼在醫院裡護理長都要瞪我，會不會是覺得我搶走她的神父。可以感受到剛剛我說「我跟神父在一起」的時候，她那難掩失落的表情。

我回到神父家，一開門，便當很快地跳上來，在我的小腿磨蹭。

「當一隻狗，真好。」我這樣對便當說。

過了幾分鐘，神父就回來了，也帶了我指定要他買的銀戒指，

我戴上銀色戒指，在神父面前晃了一下，感謝他，然後不假思索地直接問神父問題。

「你跟護理長是什麼關係？」

老實說，雖然知道神父跟百合是沒有關係的，不可能有關係，但是多多少少有點吃醋，只是不斷地在想，眼前這個我曾經自以爲很熟識的男人，究竟隱藏多少祕密？到底有多少人愛慕他？

「哈，沒有關係啊，爲什麼這樣問？」

「我在院長室的祕密空間有聽到你們的對話，當時我就覺得很奇怪了，感覺百合是用一種關愛的責罵，而不是真正在責怪你。之後又觀察到百合看你跟我的眼神，我才覺得，是不是百合在愛你？」

「每個人都愛我啊！呵呵，而且你幹嘛偷聽我們講話啊！這樣不好噢！」
「我就躲在書櫃後面，你們講話那麼大聲。」
「哎，她是很愛我啊，可是那又如何？」
「關於她的信仰，你曉得嗎？例如她會不會是真愛教會的……」
「這我就不知道了，百合從來不跟我提這個。」
「我只是覺得，她很可疑。」
「怎麼說？爲什麼忽然提到她？我之前已經很明白拒絕她了，好吧，我承認，我一開始確實習慣不講白，她對我好，明明知道已經超過友誼，但我還是很享受這種感覺，現在想起來，真的讓她有過多解讀。但，現在已經很認真地拒絕她了，你爲何會覺得她……」
「簡威廉的同房，那個研究生，不是被毒殺嗎？你想想，醫院裡都已經死了三個人，一般人會隨便吃別人給的食物嗎？但，護理人員給的藥，病患一定會吞下，如果不是熟人所爲，一定只有護理人員有下毒的機會，這樣說，一切都合理了。」
「是有道理啦……但也有可能是趁睡夢中……」
「在睡夢中何必用口服毒殺？直接用針頭注射在血管裡不就好了，像前幾名死者都是這樣死的不是嗎？都被注射一種會引起勃起的神經毒……」
「嗯……小顧，你說的很有道理，但我怎麼樣都不敢相信百合會做這種事……」
「百合是一個怎樣的人？」
「她在這家醫院不算久，還不到一年的時間，就當上護理長，他跟劉英國醫師是好友，不，正確來說，比較像昏君跟弄臣的關係。」
「昏君？哈哈！」我笑了。

「是啊，我覺得劉英國醫師就像是昏君，他的能力是很強沒錯，不過有時候會出一些奇怪的決策，而且都好像覺得是很好玩一樣，百合總是會支持他，他們總是兩個人在唱雙簧，我最看不慣百合的就是，她很愛附和劉醫師。」

「會不會她根本就愛劉醫師，哈哈。」

「應該不會吧，她不是花癡的女人，除了對我獻殷勤之外，也沒聽過有對別人這樣，不過，常被底下的人說，她根本就只愛管人、罵人，不愛做事。她支持醫師，也只是爲了自己的利益吧？比我還晚進來醫院，我們是大學時候念醫學院就認識的。」

「你們大學就認識啊？那他什麼時候喜歡上你的？她不是你的好朋友？」

「我不曉得，總之，我們只在我們都有興趣的事情上打轉，我不會干涉她在醫院裡的行爲啊。充其量，這個女人也只是我跟醫院裡的一個平衡角色，透過她，我可以獲得很多資源。」

「所以，她算是你的人？」

「算是我還可控制的人，畢竟她很喜歡我，在醫院裡講話也有份量，不過說真的，有時候她的想法也離奇到我不知道怎麼理解。」神父自信地說道。

「她有什麼特性嗎？例如，她是不是很討厭鳥嘴人？因爲，如果她是主教大人的話，一切都很合理，當時她在病房裡也一直瞪我，因爲當時的她恐怕認爲我是鳥嘴人崇拜者，她也比較有機會進入院長室，殺了院長，所以當時……她才會是第一個就出現的人，她恐怕是要去院長室找她的同伴，那個院長室假扮院長的神祕男子有可能是她的同伴，或是她的信徒吧……在地下室攻擊我的那個人。」

「嗯……我常常跟她說，我真的搞不懂妳耶，百合。她就會回『我也沒要你懂啊。』」

「好討人厭。是那種明明愛你愛得要死，卻還嘴硬的類型。」

「那簡威廉的死呢?你推斷是……」

「他隔天死在自己的家，在他的同房屍體被發現之前，他就自行出院了，恐怕是護理長給的藥裡面有摻毒吧?他回家後吞藥，死在自己床上。」

「那也有可能是劉醫師下的毒啊。」

「醫師下毒……醫師又不會自己拿到藥，護理長偷換藥的可能性比較高吧?這也就因為我為什麼都不吃這些藥，不過後來我想到，應該不會用同一招，不然就更容易被發現，所以我後來還是有吃。」

「也有可能是小羅啊!」神父說，這樣的質疑我並不意外。

「我無法跟你說為什麼不是小羅。」

「嗯?」

「反正，不可能是他……」因為小羅本身就是鳥嘴人，所以我想應該不是真愛教會的人，當然，越不可能有時候就越有可能，如果假設性太多，只會造成盲點越來越多，但我始終覺得，像小羅這樣天真外向的人不可能是「主教大人」。

但其實，我心中早就有一個「主教大人」的真實人選，但現在我還不會說出來。

「喔?怎麼?跟小羅有姦情噢!其實他們私底下都在說，如果劉醫師是昏君，百合是弄臣，那小羅就是弄臣最得意的貼身丫鬟了。」神父戲謔地笑聲。

「本來，小羅就是個護士，聽他們的話也是應該吧?」

「當然，不過仗著劉醫師喜歡自己，就越級對其他實習醫生大小聲，這樣就不應該了吧?醫院是很重視倫理的地方，我很慶幸我沒有身在其中，只是代表教會的第二勢力，小羅就常常對我態度也沒有很好，還不都是因為劉醫師喜歡他。但你讓我滿意外的，居然會幫小羅說話。」

「我就事論事啦！」

「……呵呵，我吃醋囉！看小羅的樣子，應該也是同性戀，要我幫忙牽線嗎？」

「不用。」

神父說「看樣子」應該是同性戀，代表神父在外面都會隱藏自己的性取向，不像我，一到新的環境都直接不避諱這件事，因爲我覺得這不會困擾我，但神父覺得會，我曾經因爲這樣覺得不開心，覺得他爲什麼不敢面對自己，但他只說：「你不懂啦，你活在百貨公司、商場，都是同志的世界，我所處的環境都不適合出櫃。」想想也是，現在的他又加上信教，即便他說他的教會不反對同志，但出櫃對他是否是真的利大於弊嗎？倒不見得。

當時我還問他：「你爲什麼要活成別人希望的樣子？」

神父冷靜地回答我：「我沒有活成別人希望的樣子，你覺得『別人的希望』存在本身，才是你最大的問題，你才是活在『自己以爲的』別人希望裡面。」

現在想想，他說的話也有道理，那麼多年來我努力健身，獲得比以前更多的關注，似乎就是我認爲別人都是這樣希望的。或是說，那些會在意我身材的人，才是我想被關注的對象。

但這世界上還是有另一群不同希望、沒那麼膚淺的人們吧！

不過，美國合法同性婚姻都五十幾年了，台灣社會還是那麼不開放嗎？原本差點成爲亞洲第一個合法同志婚姻的台灣，到現在都還沒合法，共產國家還有伊斯蘭教的國家自然不用說，但連日本、南韓、泰國都已經合法，看來，台灣的社會環境比我想像的還要糟，即便出櫃的人數變多，但還是有很多人死守過時的道德標準。

眼前就是一位標準的例子。

忽然想起神父的母親，慈祥的寶妮老師，是不是也希望能抱個孫子呢？一般家庭最無法接受孩子是同志的最大原因也是這個。

我跟神父坐在客廳聊了一下，隨後神父就回臥室了，我便昏昏沉沉地睡了。

隔天早上，神父依舊幫我把蔬菜汁打好，放在桌上，就出門去辦事了，因爲待在家裡太悶了，打算上街去走走，希望能讓自己不害怕人群。

我已經很久沒有在光天化日之下出門，我很害怕這種外表上，性的彰顯，即便之前的我不怕讓人知道自己的同志身分，但我總有一種身爲主流同志的優越感，這樣說好了，如果是當年那個身材不好的自己，那個自己都沒有自信的我，絕對不會承認自己是喜歡男生，無法面對那種歧視的眼光，但現在不一樣，人們看到我的外表是稱讚的，可是，這並不代表我可以接受人家看待鳥嘴人的眼神。

路人即便是同性戀，也會對我品頭論足的吧？而主張反對鳥嘴人的，不就是同性戀本身嗎？

前方街道，有一群人，正面對我走過來，我一驚，這些人都戴著紅色的口罩，是真愛教會的人！我驚覺，不能就這樣與他們正面衝突，尤其我的臉還那麼明顯，我不像許多鳥嘴人很自傲自己的外觀，我還沒習慣這一切，我拉起外套的高領，試圖遮住嘴，我來不及逃離，這群人就這樣與我交會。

大約有三四十人吧，幾人舉著牌子，看樣子是要去哪裡抗議。

這群人從我身邊經過，我看到，領頭的人戴著一個金色鑲紅鑽的戒指。

那枚金色的戒指，再眼熟不過了。

我邊奔跑，邊很快的打了通電話給神父。

「神父！是護理長！」

「什麼？」電話那頭傳來神父的疑惑聲。

「護理長就是主教大人！人果然都是她殺的！我看到真愛教會的人，領頭有戴一個鑲紅鑽的特殊金戒，護理長手上也有一個！護理長就是真愛教會的人！」

「董百合不是殺人犯啦！」

「董百合很有可能就是主教大人。」我很肯定的口氣說道。我停下腳步，靠在牆上喘氣，並娓娓道來。

「我覺得這一切都出自於她對鳥嘴人的痛恨，還有……對你的愛戀。」

「怎麼說？」神父問道。

「我的判斷，她可能在學生時代就愛慕你了，所以你進這家醫院，她才隨著來應徵，你知道，我查過了，董百合是醫院創始人之一的董宛霖的後代，很有可能跟醫院裡的高層有關係，當初姜皓文的手術，有一名護士是別家醫院過來協助的，我推斷就是董百合利用關係進來的，如果是真的，那董百合就是……因爲強烈的忌妒心所以……在手術室裡偷偷動手腳……」

「你哪裡查到的資料？」

「這家醫院裡已經沒有當時的資料了，我是在董百合之前服務的另一家醫院查到。當時有紀錄，她來這家天主教醫院『支援』動手術。」

「原來如此……」神父陷入沉思。

「我還有一個推斷，就是洪渙業的床位，其實是我的床位，護理長要殺的人是我，因爲我跟你以前的那段戀情，但，我跟洪先生的床位弄錯了，靠門的位置本來應該是我的床位，於是，護理長派過來的信徒吳孟漢，就錯殺了洪渙業，護理長一進來才用那種難以置信的表情看著我，然後過不了多久，信徒吳孟漢就攻擊我了。」

「確實，這樣的可能性很高……可是，這樣，不就變成我也有責任了嗎？」

「這整件事都是出於她對你的畸戀，保括院長也是，你跟院長本來是很要好的，沒錯吧！恐怕看在她眼裡……」

「那簡威廉呢？還有比簡威廉早就被殺害的，那個同房的研究生？」

「她如果是主教大人，自然就痛恨鳥嘴人，所以，也是她對於鳥嘴人的懲罰吧？或是，你要跟我說，你跟簡威廉有關係？所以百合也吃醋？」

「不，我跟他沒關係，只是，他剛入院的時候，我有去跟他講過幾次話，因爲他在直銷公司上班，我是聽到他的工作跑去找他，因爲……我想買健康食品給我媽吃，所以有小聊一下，護理長確實有看到我們兩個開心聊天……可是我不認爲會因爲這樣就……。」

「女人的忌妒心，是很重的。」

「哎……那小羅呢？你爲什麼會覺得小羅不可能……」神父語重心長地問。

「事到如今，我想……說出來也無妨，小羅是鳥嘴人，我看過他的嘴巴內部，他只動了第一階段的手術。他本身就是鳥嘴人，所以，他不可能會屠殺鳥嘴人。」

「小羅也是噢？」

「是啊。」

「這樣說來，還真的只有百合比較有可能。」

「百合看起來就是神經神經的。」

「不要這樣說我朋友啦。」神父語氣無奈。

「好啦。不過，小羅並非不可能，因爲如果他是百合的信徒，那也很合理，誰說鳥嘴人不能是真愛教會的信徒，就像很多同志也在恐同的教會裡面，因爲，很有可能在地下室攻擊我的就是小羅。好啦，有件事我沒有跟你說，就是當時停電完後，我跑出院長室，第一個看到的就是小羅，小羅故作輕鬆地說是他把電弄停的，目的是爲了救我出去，因爲他沒在病房看到我。當時他要我弄到跟鳥嘴人有關的東西，就讓我加入鳥嘴人，那都是因爲我真的很好奇，所以他認爲我因此偷溜進院長室，不過，現在想起來，萬一當時在地下室攻擊我的就是小羅呢？小羅是主教大人百合的信徒，受到指使，將信徒吳孟漢殺了，所以，是百合安排其他教徒關掉電源的，爲了救出裡面的小羅，也因爲這樣，我才會在電一恢復時，就看到小羅，我跟他幾乎是同時離開院長室的。」

神父聽到我這一連串的推斷，驚訝到一時無法回神過來。

想起當時在病房裡，用刀子攻擊我的吳孟漢先生，沙啞的嗓音、堅韌的眼神，嘴中喃喃自語「奉真愛主之名……」好像，信仰就是他的一切，當時攻擊我的時候戴著紅色口罩，後來看電視才看到他的照片，一個臉偏圓的中年人，有著一點鬍渣，老實人的臉完全無法想像是會做出這種事的人，或許，宗教的力量真的很大，信仰，應該就是他心靈的支柱，不過，當時，他知道他馬上就要死了嗎？

「這也可以解釋當時爲什麼小羅聽到院長被殺死沒有覺得意外，因爲他早就看過院長的屍體……或是，院長根本就是小羅受到指使所殺的。對了！當時護理長，應該有離開過神父的視線吧？」

「我當時爲了救你，所以有把她拉到遠處講話，但沒有離開我的視線，不過她倒是打了通電話……」

「如果她是主教大人，很有可能有其他的信徒幫忙，將電源關掉。感覺信徒孟漢是一個衝動的人，也更有可能是因爲誤殺洪渙業這個失誤得罪主教，所以，主教大人也想將信徒吳孟漢解決掉，如此一來，一切都合理了！」

「怎麼會這樣，對！所以，當時在地下室，攻擊你的人，看到我下來地下室，才沒有繼續連我一起攻擊…」神父用一種無力的聲音說話。

「沒錯，因爲小羅知道護理長對你的愛戀，怎麼敢對你動手呢？」

「哎，如果她是殺人犯……啊！」

「怎麼了？」

「研討會……那個因爲院長暫停舉辦的研討會，就在今天下午會重辦。」

「嗯？所以？」

「口腔研討會，會有很多病患回院，甚至很多鳥嘴人都會參加，所以……很有可能…我現在回醫院！」

「我跟你一起去！你在哪裡？」

「我在市區辦事，我去接你！」

於是，神父開車來到了我指定的位置，我迅速上了車。

神父穿著黑色的襯衫，乾淨俐落，參差不齊的白髮錯落在頭頂上，陽光照在他偏黑的肌膚上，閃耀著汗水的反光，比起平常的他，多了一些鬍鬚錯落，更顯得頹廢帶有隨性感，今天的他，依舊很迷人。

我很自然地幫他整理了沒翻整齊的領子，神父只是笑了下。

即便我知道這個男人不屬於我，我依舊爲他動心，我們的愛就只存在以前那短短的不到一年的時間。

我有辦法駕馭眼前這個男人嗎？我不禁這樣想。

「哎……真的很不希望再發生任何慘劇。」神父嘆氣。

神父總是希望一切狀況都在他的理想裡，但，這個世界不是總是美好的啊。

「難怪這一個月來，都沒有發生命案，應該是因爲抗議的人還有媒體，所以主教大人不敢輕舉妄動，目的就是要等研討會再度舉辦？」

「確實有這個可能。」神父打了一個轉彎的方向燈。

看來，就是今天了，這一切事件的終點，就在這一刻會結束，一直以來所發生的那麼多事，終於要做個了結。

「研討會改由劉醫師主持，等下到醫院後，我們先去找護理長。」

「就是那個你很討厭的劉英國醫師。」

「哈哈，對。」

沒錯……一切都將結束。

車正緩緩地往醫院前進……

希望不要再發生「多餘」的事件了。

神父忽然感慨地說「其實……」

「其實什麼？」

「其實我很感激。」神父微笑，並看了我一眼。

「感激？」

「雖然這樣說……不是很好，但其實我很感激這些事件。」

「怎麼說？」

「在這家醫院服務，我很感激，但有好長一段日子，我不曉得我在做什麼，我不曉得我做的是否真的有意義，是不是就是主的指示？」

我輕咳了一聲氣音，說道：「我之前，就是一個渾渾噩噩的人生，也不知道將來要做什麼，當然我現在也還不確定人生方向，但……現此時此刻的我，因為被捲入這一連串的事件，又再度遇到你，而感到很開心，雖然整個事件都很離奇、很可怕，但，我是心懷感激的。」

「……」

「你能懂嗎？之前，我每天的生活，就是每天賣內褲、下班後健身，然後就跟很多人一樣，週末泡夜店，然後跟一個又一個帥哥調情，但也沒有任何一個人是真正地留在我身邊，我不知道我在幹嘛，你懂嗎？」

「我懂。所以，當事件都結束的時候，我們得回到原本平凡的生活，想到這裡，就覺得，我很感激現在的狀況，即便我們不斷地暴露在危險中，但……我感覺到很真實！事情得結束沒錯。」神父皺著眉頭感慨地微笑，眼神望向遠方。

「或許，這就是主給你的考驗。」

「呵呵，你現在相信主了？」

「是啊。」

「我跟你認識的情況，也是很妙啊！」

神父的車，不算新，但很乾淨，每次坐他的車，都覺得這是一台新車，看不太到使用過的痕跡，卻瀰漫著皮革與神父的體味混雜的味道，不知道為什麼，有一種下雨天青草的香味。

就在這趟回醫院的路途上，車子一個轉彎，陽光忽然刺向我的雙眼，讓我睜不開，那一瞬間，我忽然回想起一個人，一個總是有陽光笑容的人，我總是在他家過夜，隔天起床都會被刺眼的陽光喚起，因爲那個人他家沒有窗簾，那個人不是神父，是我在跟神父交往前的男友，是個大男孩，那個男孩他身材很好，想想，大概是我交過身材最好的人吧，不過他身高不高，笑起來憨厚很像小孩子。

我想起某段我們很常重覆的對話。

「你幹嘛不買窗簾啊！」

「這樣才會早起啊，你不覺得這樣一天就變很長嗎？」男孩笑著說。

「我不要醒來……這樣就會回到夢裡……」

男孩的招牌表情是皺眉，每當我說到一些他自認爲好笑或是荒謬的話，他就會歪頭，然後皺眉看著我。

跟他在一起的那段時間，並不是我狀態最好的時候，可是他完全不介意我任何缺點，甚至他不會要求我做任何改變。

「你就是你啊，你不需要變。」他曾這樣跟我說。

我現在回想起來，有時候根本記不太清楚男孩的臉，只記得陽光好刺眼。

那個男孩跟神父不一樣的是，神父是一個很聰明的人，對自己跟別人的要求都很高，總是要求我做出改變，希望我成爲更好的人，雖然挑三揀四，但，跟神父分手後，才發現自己各方面成長了許多。

但跟神父在一起的時候，會覺得自己很沒用，會覺得什麼都不如神父。

但跟那個男孩在一起，我不需要改變，我變成了全世界最完美的人，我無法告訴旁人說到底誰是對的，我也無從比較跟誰在一起比較快樂，我只記得，男孩是我生命當中非常重要的人，直到他愛上了別人。

是的，再怎麼樣愛你，他有一天都會愛上別人。就像我再怎麼愛那個男孩，後來，我也還是愛上了神父。

回憶的畫面就只存在片刻，一個眨眼，我又回到了現實、回到了神父身邊。

神父駛著車，到達了醫院，果然門口擠著一群戴著紅色口罩的真愛教會人士，舉著抗議的牌子，神父將車停到入口處的停車場，我們對看一眼，然後下車。

沒錯……一切都要結束了，再怎麼捨不得，都會結束。

太陽只要升起，夢就一定會結束……

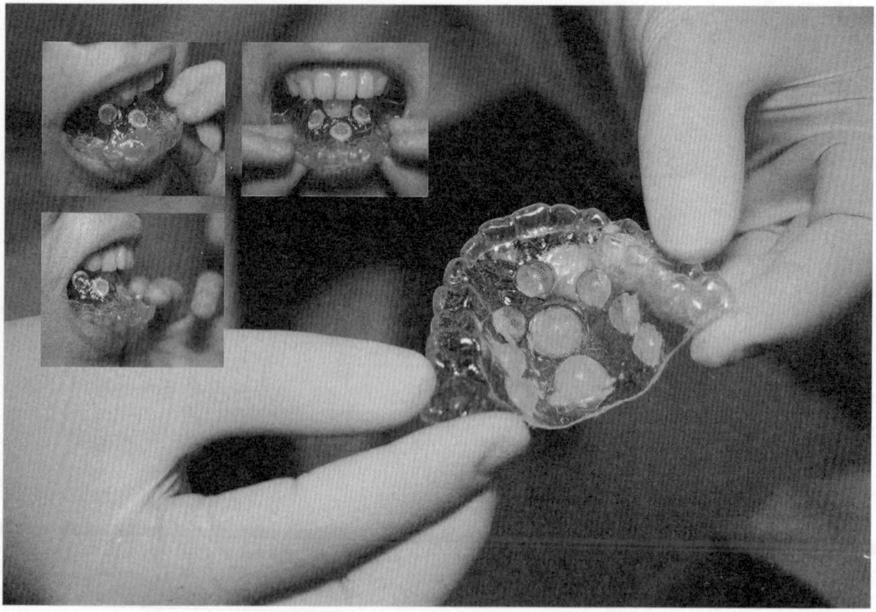

改造齒顎矯正治療之後，患者所配戴的維持器（Retainer）。以假牙襯底樹脂（Soft denture reline material ）為材料，在維持器表面增加一層如軟組織質地的凸起紋路在上顎。

【THE BEAK MAN】

第七章

神父

一年一度的口腔學術研討會，就在教會團體舉牌抗議下，低調舉辦。又回到這家醫院，這裡發生了好多事。

避開人潮，從後門進入院內，我們往研討會的會場走。可以看到非常多人在走廊上走動，聽神父說是一些外國的學者、其他學校的研究生、甚至很多已經動手術的鳥嘴人，令我意外的，這其中不乏有高知識分子，穿白袍的研究人員、有看似大師權威的人物，原本以為鳥嘴人是青少年、次文化，甚至是社會比較低下階層的人。

「很意外嗎？」

「有點。」

「呵呵，我也嚇了一跳。」

「沒想到動手術的人有那麼多，而且很多還是上流社會的人。」

「他們都在我們平常看不到的地方啊，而且就算是在我們家醫院動手術的人，也不會像現在這樣，穿西裝打領帶，人模人樣的。」

我無法理解，像這樣有社經地位的人，尤其有些看起來像大老闆的人物，平時就這樣向世界宣告「我熱愛口交」嗎？我以為相較於一般人，鳥嘴人是會受到歧視的，但沒想到，現在的人可以這樣大膽地將自己的性取向外顯。

腦中忽然浮現民繁局局長陳俊翔，雖然他沒動手術，但是身為一個政治人物，私底下生活卻如此淫荒不檢點，想到被他強迫的那個晚上，就覺得很氣憤，局長現在在做什麼？恐怕不忙的時候，正在跟別的男人鬼混吧！太可惡了。

一想到我居然淪落到成為一個政治家的玩具，用過一次就丟掉的玩具，就覺得很憤慨，如果神父知道會怎樣看我？應該會表面上安慰，但私底下根本瞧不起我吧！

不知道爲什麼，在神父的面前，我都想盡可能的表現我的完美。

就算被人家笑怎麼那麼「虛僞」，我也沒關係，我不想，再怎麼樣都不想讓他看到我最脆弱的一面。

我跟神父站在會場的大門前，身邊許多人經過我們的身邊，有的特別地看著我，看著我的嘴。

我可以感受到，許多人看著我的嘴，是有背後的含意的，一副想塞東西到我嘴裡的樣貌。

等事件都結束後，我跟他，依舊會變成個體。

他也會離開我的人生，再一次的，離開我。

想到這裡，多希望這一切鬧劇都能晚一點落幕。

我很常自己一個人吃飯，當年，剛下班後，跑去一家網路上很有名的日本料理用餐，雖然進入餐廳要跟店員比一個「一位」需要很大的羞恥心，不過我很習慣了，因爲我總是一個人吃飯。就在那時，店員問我是否可以跟其他客人併桌，我毫不考慮地點頭了，跟我坐同一桌的人就是神父。

看到那麼多鳥嘴人聚集，腦中浮現那幾個印象中的、離我很近的鳥嘴人們：

洪渙業，過氣的插畫家，我跟他的緣分就在於，他跟我同一間病房，我幫他吹過，但當時的他已經死了。跟他關係匪淺的洪大叔，曾經在病房裡想強姦我，後來在簡威廉家被發現，躲開記者後看到我跟神父，跑來攻擊我們，現正被警方通緝中。

簡威廉，某直銷產業的經銷商，就住在隔壁的病房，我在院長室附近的樹下長椅看過他，當時他正在醫院戶外空間的公共場合被某人口交，死在自家的床上，死的當時，記者們跟洪

大叔都在他家屋內。

再來就是簡威廉同房的研究生，也是鳥嘴人，他死的時候，我已經出院了，但當時不曉得神父在哪裡。

小羅，護士，私下叫做Gino，陰莖很大、偏黑，只動了第一階段的鳥嘴手術，跟護理長董百合的關係不明確，似乎很喜歡我？

還有一個鳥嘴人，就是姜皓文，心理諮商師，在這家醫院動手術，之後猝死在家中。

平時人不算多的醫院，忽然多了很多人，我跟神父站在研討會的大門前面，兩人互看彼此，茫然著，不知道下一步該怎麼行動。

「都沒有看到護理長的影子。她在哪呢？」神父問。

不只是護理長，Gino也不在。

我跟神父準備進去研討會，門口的人員只讓神父進去，不讓我進去。

「我先進去瞧瞧，你待在這裡。」

「我去教堂等你好了。」我對神父說。

「好。」神父一個轉身，走進去會場。

我，則是往病房大樓走去……

在我心裡，有一個真正的「主教大人」的真實人選。

我坐上電梯，金屬的霧面電梯門反射出的亮光照射在我的衣服上，為了掩飾我的焦慮，我將口香糖放進嘴裡，嚼了好幾下，也同時數著。

電梯裡還有另一個推著輪椅的婦人，輪椅是空的。

電梯門開了，我離開推輪椅的婦人，將口中的口香糖吐在一旁的垃圾桶。

走了幾步，我站在病房門口，將門緩緩推開。

我發誓，那是我這一輩子推過最重的門。

門後是一個親切的微笑。

「小顧？」

「阿姨好！」

寶妮老師露出和藹的笑容。

我靠近病床，並坐在寶妮老師的旁邊，寶妮老師將手中的平板電腦放下，笑著看著我。此時的她，多戴了毛帽，更顯得虛弱。

「小顧，吃飽了嗎？」

「早就吃飽了，阿姨呢？」

「吃了。」寶妮老師眼睛都瞇起來了，眼睛順著魚尾紋瞇成一條線。

「阿姨，神父多久會來看妳啊？」

「每天都會來啊。」

「阿姨，你知道什麼是鳥嘴人嗎？」

我問這句的時候，認真觀察寶妮老師的表情，寶妮老師面不改色地微笑回答。

「知道啊，我都有看新聞。」

「那阿姨，你會討厭同性戀嗎？」

「現在社會那麼開放，每部電影裡面都有同性戀啊！討厭嘛……也還好，只要不是我兒子就好。」寶妮老師微笑，顯得法令紋更明顯了。

「是噢，爲什麼？」

「也不是我們討厭同性戀，可是，同性戀很辛苦的，而且又不能生小孩，所以做媽媽的，當然不會希望自己小孩是同性戀啊！」

「嗯嗯，這樣的觀念倒是古今中外都一樣呢！」

「小顧，怎麼啦？幹嘛問這個？呵呵。」

寶妮老師撥了一下自己的銀色瀏海，默默看著我。

「沒有啦！就關心阿姨嘛！阿姨知道嗎？這家醫院很多同性戀都被殺掉啦！」

「是啊……哎，再怎麼樣，都不該殺人嘛！殺人是不對的，阿彌陀佛！」

「阿姨說的是。」

沒想到在這麼開放的社會環境下，還有這樣想法的人。

寶妮老師繼續說道：「身爲一個人類……不對，身爲一個生物，最重要的不就是『繁衍』嗎？」

聽到繁衍兩個字，不自覺聯想到「國民繁衍局」。

「阿姨說的是啊！我們也都是這樣出生的，誰不是一個爸爸一個媽媽？」我微笑。

「是啊……可惜我丈夫走得太快。」

「辛苦阿姨了。」

「就希望我兒子快點娶媳婦囉，不然我還不知道等不等的到。」

「阿姨，一定會啦！」我露出傻笑，希望可以給寶妮老師一點力量，但我知道這樣的笑容背後是虛假的，連我自己都不相信了。

有時候知道得太多，反而不是好事。

天真的過日子，才是幸福的吧，就如同寶妮老師，可能一輩子都不會曉得兒子的性向，至少，有生之年，神父會一直隱藏下去，對神父來說，說出事實才是真的不孝。

還記得神父過說：「我媽就活在那個不真實的世界，為何我們要去破壞她的美夢呢？」

陪寶妮老師聊了一下下，關心一下她的近況，便起身，要來面對血腥的現實了。

我離開寶妮老師的病房，並前往教堂。

「這真是大好的機會。」

我走進教堂，默默看了一下神父的下半身，此時的他，正坐在前方的長椅上，面對牆上的十字架禱告著，我則是在後方走道，靜靜地觀察他。

我悄悄地將教堂的門閂靠上，鎖住了門，這樣一來，就不會有人打擾我們了。

「嗯？誰？」神父聽到我的鎖門聲，轉過頭來。

我與神父對看。

「你不是要我在教堂等你，結果人不見？」

「我來了啦！」

「幹嘛鎖門？」

「因為……這結束這一切要結束了，主教大人。」

「小顧。」

神父雙手交握平放在腰際，冷冷地看著我。

「主教大人。」我點了點頭，諷刺意味濃厚的敬了個禮。

「居然還在懷疑我，不要開玩笑了，呵呵。」神父露出輕蔑的微笑。

「我沒有在跟你開玩笑。」

是的，神父就是主教大人，我十分確認這一點。若沒有十足的把握，我也不敢脫口而出這些話。

不過，在此同時，我的思緒瞬間被拉到六年前。

那是我還不認識神父的時候。

【THE BEAK MAN】

第　八　章

前 前 男 友

「你有沒有那種，一個人走在地下道，卻覺得永遠都找不到出口的感覺？」

有某個時期，我會覺得既然我們的存在不會對世界帶來任何影響，除了我們存在本身，那我何必去做那些人家別人期待我做的事？那些認爲對社會有貢獻、有意義的事。我感到困惑，我感到飢餓，卻不知道什麼可以把自己填滿，甚至，根本不確定填不填得滿。

不真實的感覺襲擊而來。

所以我意識到一件事，那就是：「既然活著也沒什麼意義，那就開心點吧！」

去追求快樂，即便是空虛的快樂，那至少是快樂。

即便每一次的愉悅後，帶來的都是同等的空虛，但控制不了的再次的重覆，重覆一樣的性行爲會我感受到前所未有的真實感，感覺我真正的活著。即便到後來已經變成一種儀式性的行爲，幾度一覺醒來，發現自己躺在床上，而嘴裡還是滿滿的精液，精液的主人已經不知道跑去哪了，還要花一點點時間才會想起他的名字。

「好像叫……德睿克？還是叫……阿正？」

當下確實會感到空虛，也會告誡自己以後不要這樣，不過過了一些時候，又會忍不住，即便重覆做一樣的事情感到疲憊沒有新鮮感，但就是克制不了自己這個念頭，這個念頭是永遠存在的，無時無刻，直到我真正做了，才會放心。

這樣的行爲即使交了男友也不會停止，我無法只吹一個人的陰莖。

然後我約到了一個陽光男孩，後來約了幾次，就默默地、不知不覺的在一起了，他是個學生，正在準備考執照的他，是個很認真的男孩，個子不高，身材練得很精實，穿著衣服看不出他的好身材，只會覺得這個男孩瘦瘦矮矮的，可是衣服一脫，胸肌明顯，八塊腹肌，讓我最著迷的，還是一脫下褲子那又直又挺的陰莖，即便不用手扶也會直挺得往上翹，一口含住，隨著他腹肌來回擺動，動作小而有力地頂向我的嘴，那滋味每次都讓我流連忘返。

他就是那種我每次去他家，都覺得怎麼會用那種不合理的狀態念書的人。

「念書幹嘛不穿上衣啦！到底是要給誰看？」我笑說。

「很熱啊！你白癡噢！」說著說著，男孩又把褲子脫了。

現在想起來，那個畫面彷彿電影裡才會出現。

每到假日，他都會自己跑去K書中心，我是因為他才知道這世界上有K書中心這種完全無法理解的場所，即便當時的我也還是個學生。逞強想要陪他去念書，然後每次都睡著。

可是每次我睡醒，他還呆呆的在我旁邊念書，我真的希望每一次我睜開眼都會看到他。

我很慶幸，他感受不到我對於人生感到的空虛，因為我不會表現給他看，但現在想起來，更大的可能是……他早就看出來，只是不想造成我的壓力，所以不特別提，畢竟他是念心理系的，他會用他傻傻的招牌表情對我笑，加上聽到那發音不標準的國語，怎麼還有空想到其他不開心的事呢？

「因為你是唯一不會要求我改變的人。」我抱著他，跟他說我會想跟他在一起的原因，不管怎麼樣他都會站在我的角度幫我說話，說實在這樣確實是一個很不好的事，逃避久了，連我自己都覺得空虛。

也就是因為習慣，所以任何事情都覺得是應該的，所以我也很常忽略他的感受。

現在我最後悔的，不是當時背著他幫別人口交，而是當時跟他在一起的時候，並不是自己最好的狀態。

當時的自己很胖，應該說跟現在相較之下，身體是沒有鍛煉的頹廢，心靈也是，我常常在想，如果他看到現在也有六塊腹肌的我，會對我另眼相看嗎？肯定是會的，不然我那麼努力健身是爲了什麼？

男孩的家，沒有窗簾，所以我們很常早起，很常早上起床做愛，然後一起吃早餐，我都會點他家樓下早餐店的鮪魚蛋餅加起士。

嗯，鮪魚蛋餅加起士，混著嘴裡殘留的精液。

這樣傻傻的生活也很好，雖然並沒有覺得會跟他一直走下去，但他的一切都是如此的讓人著迷，即便後來他愛上別人，我也只敢心酸而已。

「我喜歡上別人了。」

「所以，你要跟我分？」

「我不知道。」

「比喜歡我還喜歡嗎？」

我心中想著：「拜託不要說是，拜託不要說是……」

「對。」這個字有如巨大的釘子一般，用力地釘在我的心上。

「那就沒什麼好說的，分手吧。」

「我不想跟你分手。」

他喜歡上他醫學院的學長，是朋友的朋友，自己私底下跟他出去過兩次，就徹底地愛上他，無法自拔。

「他知道你有男友嗎？」

「不……不知道，而且，你是我的男友嗎？」

這句話打醒我，我們即便是情人般的相處模式，卻從沒稱彼此爲男友過，沒有跟朋友介紹說「這是我男友」，更沒有那些無聊的承諾。

「不是。」我咬牙切齒地說。

然後，我度過了一段，人生當中最痛苦的日子，我知道他愛上他的學長，也知道他們很常出去，也打算在一起，但他們總是吵架、鬧不開心，而我、扮演的角色，就是私下安慰他。

我只是希望他開心。

他不曉得我會難過嗎？他當然曉得，可是他就是愛他的學長，無法自拔的愛，愛到他無餘力去關注我的心情。

不過，比起沉浸在性慾當中的我，此時此刻我更能感受到痛苦的「真實」。

而不是一直以來的「空虛」。

哎，我真希望殺了那個發明「空虛」這個詞的人。

這樣我就無法使用這個詞來解釋我的內心狀態，就沒有所謂「空虛」了。

我的心情其實跟他一起起伏，他今天跟學長沒吵架，他就開心，他今天學長又不回他的訊息，他不開心，我就跟著心疼。

我曾經覺得這樣也好，至少我還一直在他身邊，這個我不認識的學長，應該哪一天就玩膩了吧？

有一天，我在街上看到一家牛排店，我忽然想起小時候，小時候的我可以因爲一件簡單到不行的事情而開心，爲了隔天生日可以吃到牛排而興奮得睡不著。

結果我長大了，慾望越來越難被滿足，要不斷的刺激、不斷地追求更高的享受，才會覺得開心愉悅，慾望像是個無底洞，永遠都沒有底，最簡單的快樂，越大的我們，越不容易達到。

晚上，我在男孩家等他回家。

他興奮的跟我說，他考上了夢寐以求的執照，他蹦跳著，將證書拿給我看，我看著上面的字，配合他的興奮，大聲地唸出來。

「心理諮商師，姜皓文。」

皓文笑得合不攏嘴，他念了那麼久的書，就是爲了這一刻。

我緊緊抱住皓文，好像抱越緊，他就越離不開我一樣。

但那是我這輩子最後一次抱他。

後來，姜皓文死了，他是被神父害死的。

就是我眼前這位神父，殺人兇手。

那麼久以前的一大段往事，回想起來，只需要一秒。

「皓文是被你害死的。」

皓文愛上的，醫學院的學長，就是現在的神父，不過，神父當時並不曉得我的存在。

「小顧……」神父也露出了難過的表情。

若沒有十足的把握，我並不敢亂說話，我也知道神父一定會否認，但，此時此刻我必須與他奮戰到底。

教堂裡，就只剩我們兩個人。

「皓文動完手術後，引發心肌梗塞，猝死在家中，這是你曉得的……你不曉得的，是他死在我眼前。」

「怎麼會？」

「他就在我眼前掙扎，用力地抓住胸部，我打電話給救護車……但都太遲了。」

「你認識皓文？」

「這句話應該是要反過來講，我是因爲他，才認識你的，記不記得我跟你一次見面？」

「當然記得……」

「當時，我很恨你，都是你害死他的……可是，當我真的認識你之後，我發現，我無法恨你，我開始理解，爲什麼皓文會無法自拔的愛上你，你真的是一個充滿魅力的人，後來我知道，你是一個多麼好的人，我很慶幸我能遇到你，真的，我也很感激皓文讓我有這個機會認識你。」

會愛上神父，也是我非常掙扎的事，一方面我痛恨自己愛上這個可惡至極的人，一方面，我也覺得對不起皓文，自己完全無法控制的愛上神父，甚至比皓文愛他愛的還要深。

「你現在講這些有什麼用？」

「主教大人……」

「就說，我不是了！你有沒有在聽？」

「等下我會跟你說，皓文跟這些事有什麼關係，但我現在先跟你講，爲什麼我會發現你的身分。」

「好，我聽你講，但請你講快一點，等下還要去找我媽。」

神父表現得很不耐煩，但這樣的不耐煩，我只認爲他在逃避。

「我後來發現，要查出真相，不應該去看真愛教會做了什麼，而是，真愛教會沒做什麼。」

「……」

「只要仔細去反過來想，就會發現，真愛教會真實的樣貌，首先，教會的舉動，一直在各處辦一些反對鳥嘴人、反對口交的研討會、講座、還有舉牌到很多醫院抗議，但是，奇怪的是，這家醫院一直都沒有被揪出來，這不是一件很奇怪的事嗎？既然這家醫院是創始地，怎麼可能可能沒有任何抗議活動，直到院長死了才爆發？」

「嗯……」神父敷衍的回應，我可以看到他的眼神，似乎我說中了什麼。

「我調查了很多真愛教會的新聞，在台北市，只要有做鳥嘴人手術的醫院，全部都被抗議舉牌過，唯獨這一家醫院，這是為什麼？」

我盯著神父，繼續娓娓道來。

「原因可能有很多，例如醫院私下跟真愛教會有關，有賄賂之類的，所以真愛教會唯獨不挑這家醫院，更重要的是，你在這家醫院，你又是主教，你大可以保護這家醫院，更或許……」

神父的表情越來越緊張。

「更或許……真愛教會，根本跟社會大眾想的不一樣。」

「怎樣不一樣？」

「要創造一個理念，更重要的是，創造一個反對他的東西。舉例來說好了，同志團體一直沒受到重視，直到……恐同團體的出現，這個社會大眾才更加注意同志議題，這不是很諷刺嗎？就好像大野狼出現，大家才意識到小紅帽的安全很重要。尤其是恐同團體所發出的那些愚蠢的發言，讓社會大眾更能站在同志團體那邊。」

「嗯……」

「小紅帽的故事，如果只有小紅帽一個人，那就不成立了啊，對吧？」

「所以你的意思，是真愛教會，是來幫助鳥嘴人的？哈哈哈，你真的很可愛，小顧。」

「所有鳥嘴人的新聞，都是跟真愛教會有關的媒體曝光，並且用一種極為不理性的方式去反對鳥嘴人，社會大眾才開始意識到，性的自主權、性的彰顯與否這些議題，現在回想起來，這一切都是真愛教會的功勞。」

神父站在十字架前，天窗的光線明顯的照射在他身上，此時此刻多了一股神聖感。我則是繼續發表我的論點。

「當然，這樣的推論有一個很大的盲點，就是爲什麼要迫害鳥嘴人、屠殺鳥嘴人，之前主教在網路上面都是一些鳥嘴人敗壞社會風氣的發言，那些發言確實引起很多正反方的意見，但，確實是因爲真愛教會才引發這些看法。」

腦中浮現台灣政治統一派跟獨立派的抗爭，搞台獨的人喊著台獨的口號很多年，卻一直無法獲得全民多數認同，真正凝聚台獨意識的，反而是統一派的政策引起負面反彈，反而引起全民的獨立意識。

「所以，要讓鳥嘴人被社會大眾重視，就先創一個反對他的團體吧！人們越見識到這個反對的真愛教會有多愚蠢，輿論就會導向口交派的人們。這確實是一步險棋啊。」

「你錯了，小顧。」神父用一種冰冷的眼神看我，似乎要把我看穿。

「你看這個手錶。」

我將手上的名牌錶舉高，並繼續說話。

「就是因爲這樣，我才懂真愛教會到底在做什麼，也懂爲什麼多年來只有這家醫院沒曝光，當時我跟神父說，這是假錶，神父就說，盜版的東西是沒有靈魂的。後來神父也表達過類似的意思。」

「什麼?我說過什麼?」

「神父家，有一張當代藝術家瓦特的真跡，當時你就說，討厭複製畫，對吧，神父你不喜歡盜版、討厭複製畫，說白一點，神父只喜歡『原版』，不喜歡副牌，神父認爲那些都是盜版的東西，都沒有靈魂。」

神父只是抬頭看我，並沒有說話。

「這就是真愛教會的真實樣貌，也是你一直以來的理念，打著反對口交的名義，實際上是爲了保護這裡，隱藏鳥嘴人發源地，並且去其他醫院抗爭，恐怕你的信徒們都不完全知道這件事，你認爲，只有這裡手術出來的鳥嘴人，才是血統最純、最高尚的鳥嘴人，你深深愛著鳥嘴人，我又怎麼會不知道？你每一任男友，你都叫他們做鳥嘴人手術，包括姜皓文，包括我，還有皓文之前的前任。」

「你很聰明，真的，但是，我真的不是主教大人。但這些推論都很合理沒錯。」

「你有一種特殊的潔癖，你不想跟別人發生一夜情，你不像那些鳥嘴人把性當作是很隨性的事情，任何人都可以吹或被吹，你只希望你的男友們都可以動手術，然後，只爲你一個人服務，這些……都是因爲你沒辦法『硬』，對吧！」

「你……」

「都跟你在一起那麼久怎麼會不知道，神父，當年，我就有看到你櫃子裡的壯陽藥，但這一點，請你相信我，我是同情你的，本來是個無法不靠藥物就自己勃起的人，但鳥嘴人，卻讓你硬了，對吧？所以，你一直對鳥嘴人又愛又恨，這也是爲什麼，你會要求歷任男友都動手術。」

「小顧，你沒什麼資格講這種話，就算你知道我的狀況，那又如何？我……」

神父還沒講完話，我就打斷他了。

「我在高架橋下的小屋裡都發現了，紅色口罩、還有一些文件，不要狡辯了，主教大人！」

關於這一連串事件的其他細節不合理的地方，我還需繼續拼湊，但那些也根本不重要，現在，我有更重要的目標，也是我一直以來爲了找尋主教大人的理由。

「我不是主教大人。」

「你知道，我剛動完手術後，還沒有幫任何一個人吹過。」

我往神父走去，神父無意識地退後了一步。

「……」

「你知道我的技術的……又不是沒被我吹過，但那是很久以前的事了……現在，我如你所願，變成了鳥嘴人啦……你不想試一下嗎？」

「這……在這裡？」神父抬頭看了一下十字架上的耶穌。

我一開始的判斷，主教大人是一個沒被吹過的人，所以引起我想幫他吹的慾望，但真相解開後，才發現，主教大人不是沒被吹過，而是一個不舉的人，這徹底地加深我想幫他口交的慾望。

「你……」神父用一種害怕的表情看著我，並且退後。

「你的信徒們，知道他們的主教大人，根本就是個愛被口交的人嗎？反對鳥嘴人的真愛教會的主教，實際上只有鳥嘴人才能讓他硬……」我靠近神父，並且將手放在神父的褲襠上。

神父將我的手撥開。

「小顧……你……不要這樣。」

「你讓我動這個手術，不就是爲了這一刻嗎？」

「不是……不是，是因爲你想當鳥嘴人。」

「又來了！又要把責任推給我！不要只想當個好人好嗎？」

我用力地扯下神父的褲子，神父來不及阻止，下半身就這樣顯露在我面前，我盯著神父的雙眼，神父也看著我，露出非常微妙的表情。

我跪了下來，張大我的雙嘴，即便根本不需要張那麼大，我用力地一咬，神父輕微的叫了一聲。

我的舌尖穿梭在神父的龜頭與包皮之間，神父欲抵抗，卻無力阻止我的動作，只能發出無奈地呻吟聲，神父的雙手張開平放在身體兩側，似乎想抓住我或是想推開我般的左右掙扎。我的唇夾帶著口水，用溼熱包含住神父整根陰莖，並輕柔地用嘴唇撥動著神父陰莖上的皮膚紋理。

「小顧……夠了。」神父趁著我不能說話，欲用言語阻止我。

此時，神父的陰莖才漸漸地由軟變硬，由冰冷變溫暖，緩緩地漲熱。

我可以感受到由內而外的溫度，這一切都使我興奮，我已經多久沒有幫神父吹了，這個我深愛過的男人。

我雙手抓住神父的臀部，並加快我嘴裡的前後的動作，神父一個腿軟，緩緩地蹲坐下來，雙腳自然地打開，隨後整個身體都躺在地上，任由我吸吮。

我自然也趴在地上，雙手扳著神父的雙腿，嘴巴的動作一直沒有停止過，眼睛偷瞄了一下神父，神父閉著他的雙眼，享受著這一切。

「嘶……」神父發出舒服的叫聲，更使我興奮地用舌頭玩弄他的龜頭，嘴巴來回張合並不停地旋轉，用下巴的力量以及含入的姿勢變化取悅神父，同時我也興奮得全身漲熱。

我也硬了，不自覺的，而且可以感受到自己下體整個漲紅並興奮的顫抖，我還是第一次完全不碰就發生這樣的狀態，我不得不稍微用膝蓋跪起來，以免勃起的下體戳到地板而受傷。

就是這一刻，我等了好久好久，我第一次以鳥嘴人的角色替人口交，竟然會有如此大的愉悅感，難怪多少人沉溺於其中，神父也閉上眼睛，喘著氣，並且全身發汗，我也感受到我額頭上的汗珠滴落在神父的腹部，我貪婪的吸吮著，就好像小朋友第一次吃到棒棒糖，享受糖在嘴中融化卻不放過任何一滴糖水，貪心舔乾淨所有碰觸得到的液體。

神父終於停止壓抑自己的聲音，放膽的淫叫，並且壓住我的頭，指尖用力的陷入我的頭髮，我更快速地來回享受他下體的硬挺，硬得好像血管都要爆裂般，並且微微地顫抖，情緒、氣氛都高漲到前所未有的境界。

那一瞬間，我感受到整個教堂滿滿都是裸男，就像鳥籠一樣，上百個裸男彼此身體交纏著，並享受彼此的肉體，來回親吻著、吸吮著，身體彼此交疊，好像所有人都合而爲一，好像所有人的高潮都彼此加乘著，最後，所有人的高潮都集中在我跟神父身上，讓我跟神父都很害怕，我們是否能承載那麼大量的高潮，是否下一秒我們就都要爆炸，被淫蕩的液體塡滿爆發而死。

我們完完全全的失控，激烈得好像要撕裂彼此，但卻有很有默契的感受對方的頻率，控制著對方的呼吸，並擄掠住對方的血液，將感官享受推向一個新的領域，好像我們在那一瞬間一起上了天堂。

在前幾秒我還在享受交歡之愛，但下一秒，我到達了前所未有的境界。

那一瞬間，我彷彿看到了肉色子宮的羊水裡，吸著大拇指的嬰兒的我，然後飛快的畫面一晃過，我在吸吮母親的乳房，嘴巴還有奶水的味道殘留，畫面瞬間又跳過，我看到了孩童時期將類似熱狗的棒狀食物放進嘴裡，滿足而幸福的感覺，然後是陰莖，一根又一根的陰莖，不同形狀大小、不同滋味，不同主人，就在那一瞬間，我品嘗到了以前所有曾經含過的陰莖。

那是一種超越人類極限的體驗，用「高潮」來形容已經太污辱「祂」了。

「祂」是真理，是超越時間跟空間的體驗，是快樂、幸福的終極最大化。

我不曉得神父是否有跟我一樣的愉悅體驗，但從他的表情看來，似乎比我還享受這一切。

我持續吸吮著神父的陰莖，在這古老的教堂正中央，我感受到這一切是多麼神聖不可侵犯。

時間就這樣停止好不好？或著，時間其實一直都是靜止的，所有的一切，我們出生到死，所有的事情都發生在一瞬間而已。

我的額頭不斷地頂著神父的腹部，手也往上摳弄著神父的乳頭，神父不停地發出顫抖，好像我的嘴跟我的手都發出電流一般，讓他觸電的發抖著。

被巨大的成就感包圍著，神父，即便是神父，脫下神職的襯衫，不過就是一個男人，一個跟我們都沒有差別的男人，一個發情的動物，任由我挑逗、控制著。

在我眼前，不是高高在上的一名神父，而是與我一樣墮落的肉體，身分、地位都被拋諸腦後、不再存在，現在有的，就是最真實的、最動物本能的慾望而已。

我這才曉得，我們不是一起到達天堂，而是一起墜落到地獄最底層了。

如果神會不允許我們現在的行爲，那神根本不會讓我們有這些墮落的慾望，給我們淫蕩的能力卻說這是罪惡，這也太過分了吧？

我感受到四周圍的冷空氣把我們包圍，從四面八方襲擊而來，似乎要喚起我們全身的毛細孔，放大我們此刻的感官。

神父的聲音也從「嘶……」變成「啊啊啊……」的叫。

我可以感受到那在我嘴裡一觸即發的肉柱體正茁壯著，「牠」的微血管全部充飽了血，準備爲最後一波噴發而累積著。我可以感受到他所有的肌膚紋理，每一個毛細孔上面的纖毛在我指紋縫裡來回勾動，所有的電流能量都在同一個頻率裡面交疊產生共鳴……

我必須在心裡叫喊自己的名字，才不至於失去意識，不然，恐怕會隨著這個迷幻而失去自我，忘了自己是誰，而失去自我認同。

現在我的「我」，已經不是「我」了。

連我自己的陰莖都漲紅到不行，我完全對「牠」沒有任何接觸，牠卻自己興奮的成長，並且隨時都要噴發。

「呼！」我感受到忍耐已久的神父，就快要不行了。

一個毫秒的瞬間，神父的陰莖忽然漲大，我曉得這就是爆發前的醞釀。

我知道，就在那下一毫秒，一切就要噴發，我以很快的速度，將嘴張開，離開神父的陰莖，就像計劃好的那樣，我將早就握在手中的短刀拿高，用力地刺向神父的下腹部。

在短刀拔起的那一瞬間，神父同時射了，精液、血液同時噴滿我全臉，神父吼叫，是高潮的叫聲，或許夾雜些許的疼痛而喊，神父的身體跟腿都抽搐著，似乎一下子無法結束高潮混合的痛。

神父的腹部流出溫熱鮮血，他在地上掙扎，看著我。

下體還是硬挺的我，跪在神父身邊，冷冷地看著他。

「好痛……小顧……好痛……」

神父的龜頭還不時的滲出些許白色的汁液。

「救我！」神父壓著自己腹部的傷口。

「謝謝你……謝謝你……」我的臉上滿是汗水，眨眼才發現眼眶裡都是淚水，並不是哀傷的哭，也不是感動的哭，此時此刻，就是一種豁然開朗的淚，混合著臉上的汗水，也分不清楚臉上的液體是汗、是淚、還是血、抑或是精液，或者，其實全部都有。

「救我……小顧！」

我看著神父，不知道此時要說什麼。

「我……我……」

「你怎樣？」

「我，我是主教大人沒錯，可是，可是我沒有殺人，救我，我好痛！」神父掙扎，並用沙啞的聲音對我求救。

「我當然知道你沒有殺人。」

他眼神迷茫地望著我。

「因爲都是我殺的。」

【THE BEAK MAN】

第九章　小顧

「你……」

神父躺在地上，下半身暴露，陰莖還未解除硬挺的狀態，雙手抱住自己腹部被我刺傷的傷口，身體扭動著掙扎。

「小顧……」神父用力地抓住我的手。

我只是冷冷地看著他，還未恢復情緒，我滿身是汗，臉上是汗水混合神父的精液，下體還是勃起的狀態，不時的在喘氣……

「你做了什麼啊——」

神父的指甲深深陷入我手臂的肉裡。

我盯著神父，看著他慘叫，對我來說，那是發自內心的悲痛。

「該從哪裡說起呢？我要先跟你說，我很痛苦，我真的很痛苦，做完這些事後，我都睡不著，我得反覆地回想起這一切，回想所有小細節，一而再、再而三……我好痛苦……」

「爲什麼？爲什麼？」

「我真的很愛你，神父，我也不想殺你的，但是……」

一開始，我會認識神父並不是巧合，純粹是想報復，當時皓文動手術前就跟我講，他說，神父要他動手術，如果動手術後，就會跟他在一起。

皓文當然開心至極，他無法自拔地愛上他醫學院的學長，也就是現在的神父，神父說什麼他都答應，我也不好意思反對他，只能眼睜睜看著他飛蛾撲火。

後來，皓文因此死了，我的世界就此崩裂。

我知道皓文已經不愛我了，我也知道他恐怕有一天會跟神父在一起，可是，我很滿足現況，我甚至覺得，就這樣一輩子當他最親密的好友，我也願意，我才不要交什麼男朋友呢，我有皓文就好了。

但，這一切都毀了，全部都毀了，都是他，都是神父！我抱持著報復的心情，接近神父，我想要弄清楚他的一切，再把他徹底毀了。

然後，我變成了皓文，難以自拔的愛上這個男人。

從來沒有人那麼懂我，我也從來沒那麼恨過一個人，我痛恨他的一切，我痛恨他對我那麼好，我很掙扎，甚至在跟神父做愛的某一個瞬間，我在感謝姜皓文，感謝他，讓我可以遇到神父，感謝他的離去……

我不能這樣想，我不能。

我應該要恨透神父才對啊！

皓文剛做好手術後，我又到了他的家中，準備照顧手術後的他，我們一如往昔的口交，我正在幫他吹，即便我知道他手術傷口好了之後，他會投奔到神父的懷裡，我還是愛皓文，我還是願意幫他口交。

後來，口交進行快結束時，皓文喘氣著，呼喊著，因爲手術的後遺症，他心肌梗塞，當下我也沒察覺，當他射完精後，我才發覺他的異樣，我滿嘴的精液，看著他痛苦的臉。

原本，我一直爲自己的強迫性行爲感到困擾，止不住的口交慾望讓我痛苦。

我看到男人，帥氣、身材好的男性，我就會不自覺地想幫他口交，而每一次一夜情的口交後，我都感到無比的空虛，並且希望自己不要再沉溺於口交之中，口交是罪惡的，是鳥嘴人才會做的事情，如此骯髒，如此道德淪喪，不行，我不行這樣，我好痛苦，我腦中每天都會重覆一百一千遍一樣的畫面，反覆再反覆，不能克制。

結果，當我幫皓文吹完的那一瞬間……我看到他死了。

……我解脫了。

我沒有以前那種幫人口交後的空虛，即便我因爲皓文的死而感到難過，但我居然找到一個方法來緩解我的強迫行爲。

那就是，毀掉我的慾望客體。

只有這樣做，我才能從痛苦的深淵解脫，於是，我幫隔壁床的洪渙業口交，將神經毒液注入他的身體裡，然後，我幫院長口交，快結束時將針筒刺進他的大腿裡，然後，我幫簡威廉口交，最後……現在我幫神父口交。

這一切都是爲了紓解我的慾望，更重要的是，毀掉我最痛恨的鳥嘴人。

我痛恨鳥嘴人，我無法接受這種以性慾爲彰顯的行爲，完全不考慮別人感受的自私行爲！

只要把一切，都推給「主教大人」就好。

剩下的，就是找到主教大人，自始至終，我都在將殺人行爲歸咎給主教大人，同時也藉此找到主教大人。

如果是正牌的主教，一定很慌張，民意已經被挑起，他就不能否認，不能表態不是他發起的行爲，整個真愛教會的人都被激起了情緒，主教大人就會來不及切割，就他的身分與動機，完完全全可以推給他。

而正牌的主教看到這樣一起又一起的事件，難免會有所動作，整個過程，我都在尋找著這位主教。

而主教……想必也一直在尋找我。

神父在地上緊緊壓住自己的腹部，穿過我的身體往門口爬，試圖離開這裡尋找救援。

我將掙扎的神父翻過來，跨坐在他的身上。

「你知道嗎……從頭到尾，我在說主教大人的時候，你都不正面回應主教大人是誰，你只會說『殺人犯』是誰？所以，這才讓我起疑，因爲只有主教大人本人知道自己不是殺人犯而已……」

「爲什麼……爲什麼要殺我？」

「我原本是不打算要殺你的。雖然，殺掉你，可以引起真愛教會的反彈，或許會死掉更多鳥嘴人也不一定……但是，讓我下這個困難的決定是因爲……」

「你……」

「我當時住院的時候，你跟我說什麼？你說，皓文的事情……你說，主原諒你了。」

皓文是被神父害死的，因爲都是神父叫他去動手術，我心中一直無法原諒神父就是這個原因。

「是不是，你是不是這樣講了？對吧？……你告訴我……」

我將手舉高。

「……我都沒原諒你，主憑什麼原諒你！」

我用力地將刀子刺進去神父的腹部，一刀、又一刀。

直到神父再也叫不出聲音來……

我必須反覆確認神父已經死了，又再補了好幾刀。

結果，就在神父真正死透的那一刻，我大叫一聲。

「啊啊啊……」

我剛剛經歷了我這輩子最棒最久的高潮。

「呼！」我跪在地上，任憑下體的噴射，射了很多，好像第一次射精般，如此的純粹，如此的美好。

一切，一切都是那麼的愉悅。

我沒想到這可以讓我體驗如此美好的高潮，當然，同時我也被痛苦襲擊，畢竟，我也不願意將心愛的人殺害，但，又不得不這樣做，並不是悲痛的復仇，而是冷靜地執行早就覺得應該要做的計劃，即便我的眼睛泛著淚水，但我的內心，既冷靜，又興奮，並且夾雜著悲痛。

這一切是如何完成的？所有的一切，都是有意義的。

當時，我在院長室裡遇到的人，確實是院長本人，之後，我對神父捏造說我在院長室看到的是別人，這都是爲了消除神父的戒心，讓神父認爲，兇手不會是我。

我在院長室裡，遇到的就是院長本人沒錯，幫院長吹完之後，我就殺了他，並將屍體放在沙發上，躲在門後，等刺青哥進來，刺青哥進來後，我無聲地在他的背後，將毒液刺進他的頸部，再將兩人擺放成肛交的姿勢。

原本不一定要殺掉院長的，但，神父給了我這個好機會進入院長室，所以，我就把握住這個好機會，製造紛亂。

計畫如果太完整，肯定很容易被發現，所以，要製造無法控制的「變數」。

於是，在網路上發出「顧廣毅的兒子在醫院」這樣錯誤的資訊，果然，引起了偏激的信徒跑來想警告我，那就是信徒吳孟漢。

當然，這種很難查證的事情，當然是捏造的，我只是剛好跟那個發明手術的傢伙同姓，爲了擾亂神父，隨便編造的。哪有那麼巧的事，顧廣毅的兒子就出車禍，然後就住進這裡，然後被捲入一連串事件？只要仔細一想，就知道那麼多巧合，都是設計好的。

每一個死者，都是有意義的，我很自傲我不是亂殺人。

第一個死者，洪渙業，我的病院室友，我殺他是爲了引神父過來，引神父到我身邊。

第二三名死者，院長跟刺青哥，當然是爲了引來媒體，想透過媒體放大這些事件，也爲了引起醫院裡的恐慌。

所以，我將院長跟刺青哥殺害後，連同裡面祕密遊樂室的門，都大打開，爲的就是早點讓醫院裡的人發現，引來媒體，不料，信徒吳孟漢跟蹤我，在我離開院長室事後，進入了院長室，並將門關起來，可能想探究院長的遊樂室，就自己躲進去，或許是裡面有一些他認識的人的照片吧？

結果我回到自己的病房，跟神父聊了十分鐘，才發現不對，怎麼還沒人發現院長的屍體？如果再拖久一點會影響我其他計劃，於是，我帶著神父跑回院長室，當時裡面的吳孟漢聽到我們來，就躲進地下室，隨後，我也不得已躲進去地下室，不曉得吳孟漢就在我身後，但，小心翼翼的我，一直拿著裝好毒液的針頭。被吳孟漢勒住時，我當然不假思索地將毒液刺向他的大腿，當時，吳孟漢發出的「啊」叫聲，被神父聽到，神父自然以爲是我被襲擊的叫聲，但其實是吳孟漢的。

之後，我告訴神父，主教大人在裡面攻擊我，隨著院長密室空間的曝光，吳孟漢的屍體也一起被發現。

從頭到尾，自始至終，我都在誤導神父。

再來，我必須要設下一個殺人陷阱，在我離開醫院都還會有人死，於是，我想到一招。

如我之前所說，醫院已經死了一些鳥嘴人，自然不會隨便吃下陌生人給的食物吧！但，有一種東西……鳥嘴人，會想都不想，就放進嘴裡。

那就是陰莖。

我利用鳥嘴人的這種習性，設下一個殺人陷阱，在我準備要離開醫院前，跟神父的母親說完話後，我先到了簡威廉的房間，當然，我很清楚我自己的外在條件，以及鳥嘴人對於性開放的習性，色誘對我來說很容易，我如願以償地幫簡威廉吹完後，用手，將毒液抹在他的陰莖上，才離開。

當天晚上，簡威廉的同房，才會死在自己病床上，如我所料，肯定會有人幫他吹，而且是在我離開醫院以後。

當然，我不確定誰會落入這個陷阱，但，幸運的是果然他的同房就幫他吹了，我看到新聞後，立刻將我前一天晚上偷拍他睡姿的照片，貼在網路上，就變成了：主教大人殺完人後又拍了一張照片上傳。透過特殊的程式，無法查到這張照片是死後才傳還是死前傳的，而且，根據前幾場命案，大家就會很自然認爲是兇手主教大人拍的屍體照，而沒去特別注意，只是張睡覺的照片。

我當時正在鳥嘴人的聚集地，「右道」酒吧的走廊上，上傳了這張照片。

當然，爲了怕簡威廉自己沾到毒液而死，我前晚也偷拍了簡威廉睡覺的照片，以防萬一，結果，簡威廉在他同房的死了之後，害怕，就立刻離開醫院，隔天，應該也是誤食手中的毒，死在自己家中，而家裡許多物品或是食物都沾到毒，當然連自己的陰莖也有沾到，所以也很難查證到底是怎麼被毒殺的。

我跪下來，深深地親吻著神父。

我真的，很愛很愛他，我恐怕再也不會這樣愛一個人了。

然後，就如我計劃般的，我拿出手機，拍下神父的屍體，並上傳。

我寫下了標題：「主教大人，被鳥嘴人殺害了。」

如此一來，就會引起戰爭。

血淋淋的戰爭，就要開始了。

我從教堂的後門離開，躲進醫院裡，躲進廁所裡的最後一間，現在我不能離開，這裡太多人了，我要等待，等待，看看會發生什麼事。

所有的計劃，都得透過媒體這隻怪獸，我才能完成，在這樣渲染下，在「正義」被無限放大的時候……究竟會發生什麼事呢？我實在太期待了。

計畫都完成了，我將手機丟在地上，並且慢慢地踩碎。

對曾經愛過的人，居然可以變成連陌生人都不如的冷漠。

跟神父分手後，多年來我們連一句話都沒有，這讓我對愛情感到失望。爲了我的計劃，爲了讓神父再度的出現在我身邊，一切都準備好後，我必須進入這家醫院，當時的我拿起磚頭，用全力的往自己嘴上砸。然後，自己坐車來急診室，開始這一切。

現在，一切就要結束，我蹲在廁所裡面，拿衛生紙擦自己臉上的血液與精液。

過不到五分鐘，果然聽到一些人群吵雜的聲音。

研討會，應該也舉行不下去了吧？

然後，我聞到很重的煙味。

失火了，真愛教會的成員瘋了，放火燒了研究大樓。

我逃出廁所，混亂之中，人群逃竄，聽到些許的尖叫聲、哭聲，甚至還有槍聲。

哈哈哈……哈哈哈哈……

我失聲大笑，周圍的一切都在旋轉，是如此的動聽，叫喊聲與哭聲夾雜，我聽到了，毀滅的交響曲，正響起。

「接下來的這首曲子——是要獻給你的，皓文。」

悅耳的交響樂，毀滅聲四起。

一名鳥嘴人，壓著肩膀的槍傷，在地上掙扎，身邊都是逃亡的人們。

我看到了，我看到皓文坐在觀眾席上拍手。

「啪啪啪……」

忽然，後方一個力量襲來，我被一個金屬棒狀物擊中。

我一轉頭，是洪大叔，他趁著混亂，跑進來醫院找我，看來，他在外面等了很久。

當初洪大叔會跑到簡威廉家，恐怕就是因爲他認識簡威廉，所以去找他，才發現他死在床上，這名洪大叔恐怕認識非常多鳥嘴人。

他會攻擊我的原因，也很明白，那就是當時我在病院差點被他強暴，逃離後，他恐怕是翻了我的東西，看到我包包裡的針筒跟小罐的毒液，他知道是我殺了洪渙業的，所以他才會只攻擊我。

他是我的計劃中，第二個「變數」。

我逃離現場，大叔追了過來，我不曉得要往哪裡逃，只好扶著頭，隨便亂逃，如果往空曠的地方逃，恐怕很快就會被追上，我還是得往室內逃，不知不覺逃到了停車場，這個停車場居然空無一人，沒剩幾台車。

我躲在某部車的後面，將牆角的滅火器拿起來，但，還來不及舉起來，我就看到背後的影子，往我這邊快速的移動，我很快地躲開，大叔的鐵棍用力擊中牆壁，我趁機將手中的滅火器往大叔的腳砸，然後逃離。

大叔叫了一下，但似乎沒有對大叔造成致命的傷，大叔立刻往我的方向回頭。

忽然間，我意識到，我逃離不了，但，有一個可能。

就是我唯一的機會。

我轉過頭來面對大叔，大叔也往我這裡跑過來，我們之間只差三到五步的距離，我看了一下大叔的褲子，是鬆緊帶，而不是一般的拉鍊褲，這是我的大好機會，也是我唯一的活路。

我衝過去，用我身體的力氣，壓低我的上半身，我用很快的速度往大叔的身體撞過去，那一個瞬間我將他的褲子往下拉，並且用自己的嘴去接住他露出來的陰莖，大叔被衝撞力道影響，整個人往後倒，我用嘴壓住、含住他的陰莖，兩人一起跌在地上，他的屁股用力撞到地面，但他似乎也不覺得痛。

就在那一瞬間，我感受到大叔的陰莖漲大，而他的腿跟手都失去力氣，鐵棍掉落地面「哐噹！」，嘴巴也發出微微的呻吟聲。

很快的大叔就硬了，並且隨著我口交的動作而停下所有的舉動。

微微的聞到大叔陰莖發出男性的些許味道，甚至我的嘴巴還夾雜著陰毛，但我顧不了那麼多，一開始當然覺得有點髒，大叔的陰莖散發的臭味讓我難受，但一下子就被這樣的刺激感蓋過，忽然希望嘴裡的這個骯髒物能盡量的弄髒我的身體。

跟神父最不一樣的感受是，神父是一根乾淨、高尙的魔杖，而，大叔就是沾滿泥土的樹根，別有一番野性的風味。

不到一分鐘，我就可以感受到大叔就要射精了。

於是，我立刻停下手中的動作，站起身來。

大叔如我所料的，在地上掙扎，痛苦地喊叫，我可以理解，那種正要射卻停下動作的痛苦。

大叔全身痙攣，抽動著身體，雙手因爲痛苦而扭曲，也不敢碰自己的陰莖，好像此時他的陰莖就是一顆拉開保險的手榴彈，隨時要爆炸，他渴望這個爆炸，也因爲沒爆發而感到痛苦，在地上抽搐。

此時此刻，我才發現我獲得了前所未有的能力。

我拿起大叔的鐵棍，往他頭上一敲，大叔昏了過去。

一般來說，我應該要殺了大叔的，但我必須忍住，此時，還不能殺害他，我拿起身上那把殺神父的小刀，蹲下去將大叔的手握住刀子，反覆地確認沾上指紋後，離開現場，將刀子丟在一旁的垃圾桶。

因爲停車場外有人的聲音，我便往醫院院區裡走。

忽然，我被一個人拉住。

是小羅，小羅牽著我的手，示意我快逃。「你待在這邊幹嘛啊？快跑啊！」

我們跑了一段小段路，然後停在一個樓梯旁，小羅跟我都喘著氣。

「真愛教會的人，全部都瘋了！」小羅緊張地說。

我默默地看著小囉，敷衍的回應。

「你怎麼可以那麼冷靜啊！網路上發布了一張主教大人被鳥嘴人殺死的照片！原來就是神父！天啊……剛剛很多鳥嘴人都被教會的人殺了！」

我默默地拿起口袋中的紅色口罩，剛剛從大叔身上搜來的，大叔本來就是真愛教會的人，所以身上有口罩也是很合理的。

我戴上口罩，小羅忽然轉頭看我，對我這個行爲感到疑惑。

此時，走廊另一邊，一個熟悉的身影。

即便她也戴著紅色口罩，我還是看得出來，那是護理長，董百合。

護理長手上拿著一把半自動手槍，眼神堅韌，我看得出來，她在哭，眼眶泛紅，止不住眼淚，整個人都在發抖。

她用力地面對我的方向開槍。

那個閃光，讓我瞬間看不到眼前的一切。

小羅整個人失重，額頭正中央被擊中，往後方跌去。

小羅的頭撞上白色的牆「咚！」一聲，血呈現一種放射狀的噴射，隨後，整個人滑落在牆角，牆上盛開了一朵花。

那是一朵鮮紅色的百合花，好美。

真美……

護理長看了我臉上的紅色口罩，她應該沒認出我。

我在胸口比了一下十字，護理長轉身離開，我也往出口走。

地上錯落著鳥嘴人的屍體，形成一幅美麗的畫。

躲在口罩後面我的嘴角，忍不住的上揚。

「哈哈哈哈哈哈哈呵呵呵呵——」

我跨過一個、又一個鳥嘴人，有的還在掙扎，睜大雙眼看著我，並試圖抓住我的腳。

我看到了，我看到好多鳥，被獵人擊中的鳥兒們，牠們慘叫，發出叫聲，羽毛滿天飛舞，牠們再也飛不起來了。

我離開醫院，往馬路上走，我轉過頭來，深深的敬一個禮，這是一個完美謝幕。

我聽到了掌聲。

而現在我的嘴裡，還殘留著神父的味道……

【THE BEAK MAN】

第 十 章

我拿著一束百合花，骯髒的花蕊已經挑掉，留下潔白的花瓣，我捧著它，穿越人擠人的廊道。

醫院事件已經發生了兩天，警方因爲在垃圾桶發現沾滿指紋的刀子，並證明那就是殺害神父的刀子，已經全力通緝洪大叔。

之前在街道上也也有許多人目擊洪大叔攻擊我跟神父，而我在「鳥籠」裡偷拍洪大叔與幾名鳥嘴人交歡的照片，也證明，雖然洪大叔本身也是真愛教會的人，但，實際上卻是不折不扣的鳥嘴人愛好者，所以有殺害主教的動機。

而屠殺多名鳥嘴人的兩名真愛教會持槍人士，一名女教徒董百合，以及另一名男教徒，兩人飲彈自盡，死在教堂，神父的屍體旁邊。

看來，百合除了對神父是有愛慕之外，也多了一份教徒崇拜主教的心，怪不得百合會那麼深愛著神父。

這一場屠殺，震驚世界，死了五十幾名鳥嘴人。

媒體喻爲「鳥嘴人屠殺事件」。甚至有傳聞說可能會翻拍成電影。

我也將證明神父就是主教大人的證物，包括神父通訊用的手機、用來殺害鳥嘴人的毒液針筒，都交給了警方，並表示對於這一切行爲一概不知，當然我也有十足的不在場證明，既然輿論施予檢方壓力，檢方也想迅速結案。

但，此時的我，又回到了醫院，火勢並沒有蔓延到病院大樓，整棟病院大樓都擠滿了媒體，尤其是此處。

我來到了這個病房的門口，門口擠滿了媒體，充滿吵雜聲，記者看到我，也將注意力集中到我身上，警察將我擋住，不讓我進去病房，我哭喊著。

「讓我進去！讓我進去！去跟黃女士說！她認識我！」

趁著混亂，我推門進去，寶妮老師看到我，也叫了一聲「小顧」。

警察看到寶妮老師也認識我，就停住了阻止的動作。

寶妮老師一臉倦容，相信兒子是殺人兇手而又慘死讓她受了不少折磨。

我哭紅了雙眼，跑過去跪在床邊，雙手抱住寶妮老師。

「阿姨……我很難過……神父他，就這樣死了！」

「嗚……」

寶妮老師抱著我一起哭，閃光燈閃啊閃的，好幾台攝影機記錄這一切，並同時轉播給全國的新聞台。

眼前一位熟悉的記者，變性人杜安九，我終於看到她本人了。

「記者安九現在正在主教大人的母親病房，此時一名男子跑過來跪在這邊，看來跟主教的母親很要好，先生，請問您是？」

所有的媒體屏息以待，空氣瞬間凝結。

「我……」我邊說話邊啜泣。

我擦了一下眼淚，面對鏡頭。

「我……我是神父的男友。」

語畢，閃光燈閃個沒停，寶妮老師雖然訝異，但此時的情景，似乎也不方便多說什麼，我與這名女士對看，露出哀痛的眼神，緊緊地抱住她，四周圍問題四起，非常熱鬧。

我看著寶妮老師說話，媒體們也拿著麥克風對準我的嘴。

「我答應神父，要好好照顧您老人家……」

我對寶妮老師露出關愛的笑容，我知道，現在照的這張照片，就會是明天的頭條。

後來，警方跟護士人員花了很大的力氣才將眾媒體趕離病房。

當然，我也被警方拘留調查，但，輿論是向著我這邊的，他們也找不出什麼證據，於是，很快就被放出來。

媒體喻我爲鳥嘴人與真愛教會的感人戀曲，如同羅密歐與茱麗葉般，是不顧世俗的「真愛」。

因爲我之前就跟神父在一起過，並且這段時間都住在他家，所以媒體訪問鄰居，還有其他醫院的人，所得到的答案都是一樣，就是我們很要好，是一對感人的情侶。

我也向媒體提供非常多合照，以供週刊還有報紙使用。

當然，一定會有反對的聲浪，這其中肯定有真愛教會內部人的罵聲，不過，當我亮出我手中銀色的戒指，他們就閉嘴了。

「這……這是神父向我求婚的戒指。」我這樣面對記者說道。

記者也實地去訪問賣戒指的專櫃，當然，是我提供的資訊。

確實訪問到當時神父去買戒指的服務人員。

「對對對……我記得這位神父，當時他，滿臉幸福的來買戒指呢！」

女性服務人員穿著制服，滿臉微笑著，敘述當初看到神父來買戒指的情境，事後，她也被各家媒體訪問了很多次。

沒錯，這就是當初，我用手術傷口還沒好的藉口，請神父幫我買戒指的理由。

於是，我跟神父感人的故事，廣爲流傳，我瞬間成爲了媒體的寵兒，大家都吵著要看求婚戒指，我也不厭其煩的重複描述求婚的過程。

「喂？您好，請問是顧先生嗎？」

我聽到門鈴聲，我正在神父家看電視。

「是的……請問你是？」

「我叫張幃淳，您好，我代表真愛教會前來。」

真愛教會的人，果然找上門來了，比我想像中還快。

「您好。」

「是這樣的，基於您是我們主教大人的男友，我們想請您來我們的佈道大會…如果您能來，對我們眾多信徒們，一定會有強力的正面幫助！」

「我能理解，什麼時候呢？」

這位張先生眼神炯炯，渾身散發出積極正面的氣息，讓人難以拒絕。

於是，過兩天，我依照約定前來在體育會館舉辦的布道大會，我才驚訝，原來真愛教會有那麼多人，這其中，也不乏好幾位鳥嘴人。

根據我的判斷，他們信徒應該不完全知道真愛教會的真實面，應該大部分的信徒，只知道是反對鳥嘴人、讚揚真愛的教會。

就像許多反同志的團體，裡面恐同人士其實自己就是同志一樣。

我眼前有一群人，這一群人中間有一個穿著西裝，梳旁分頭的帥氣男子，他深的雙眼皮很深，方形眼鏡後，是炯炯有神的雙眼，他走靠近，皮鞋發出響亮的敲擊地板聲，手上拿著一把巨大的鑰匙，把玩著那把鑰匙。

「您好，很榮幸您能光臨，我是門徒——張幃淳。」

「韓淳，您好。」我接過他的名片，也注意到他拿鑰匙的手指上，跟護理長一模一樣的鑲紅鑽金戒指。

「您好，待會跟您講一下，可能會請您上台敘述一下，並且鼓勵一下我們的信徒，不用緊張，我會給您講稿，只需要您講幾句話即可。」

「喔……好的。」

張韓淳帶領我進入會場，我嚇了一大跳，裡面有上千名信徒，都穿著一樣的、紅色的背心，是一款設計精美的，西裝式的背心，上面都別著一個十字架。

整個場面非常壯觀，尤其我一走進去，全體發出鼓噪聲，簡直要把整個會場都掀了。

我們從館內中間的走道入內，上千雙視線放在我身上，讓我倍感壓力，更有很多眼眶泛紅的信徒，看到我經過，低頭喃喃自語，並在胸口連畫十字。

「你先在這裡等我噢！」張韓淳將我安頓在後台的一個椅子上，隨後跟其他信徒說話，暫時離開。

此時另外一名戴著金戒指的高大男子向我靠近，目測大概有一百九十公分以上吧，他手上拿著剝皮刀，跟一顆完整的蘋果。

「顧先生，您好。」這個高大男子把蘋果放在一旁，向我握握手。

「韓淳請你來的？」

「對啊！」

「哼，那個矯情的王八蛋。」高大男子咬牙切齒。

「呵……」我乾笑。

「爲了投票，想討好信徒們啊。」高大男子坐在我旁邊，拿起削皮刀，把蘋果削皮。

「怎了?投票?」

「就是主教的投票啊，原本的主教死了，必須進行新的投票，從我們這『十三個門徒』裡選出一個，就會是新的主教。」

「是噢?」我看著高大男子手上的戒指，想必，只有這『十三個門徒』才會有戒指。

「是啊，在這裡聚集的，都是全台灣最精英的會員，只有他們跟我們幾個門徒有投票資格，而被選出來的主教，只會有我們十三個人知道他的真實身分，這也是爲了保護主教。」

原來如此，其實正確來說，應該是十二個門徒跟一名主教，對外都說是十三個門徒，因爲其中有一人是隱藏起來的主教。

有這樣的機制，所以全國媒體先前都不知道主教的身分，主教也只負責幕後管理大家，而我假借主教殺人，也很成功的騙到了所有門徒跟信徒的樣子。

「哼，幃淳那傢伙找你來，根本就是爲了投票!想藉此討好信徒!真可笑，哼!」

原來，我也只是政治手腕的一部分啊。

「那個發起屠殺的護理長……」我提出疑問。

張幃淳出現，並開口道。

「她也是我們的門徒之一，可惜啊，這樣不理智的行爲，完全破壞了我們真愛教會的形象。哎，傻妞。」張幃淳翻了一個白眼。

「是噢……」

「所以，我們現在缺兩個門徒，我們都固定有十三個門徒來處理事情，一個是董小姐的空缺，一個就是即將成爲主教的門徒，所留下的空缺，這可是前所未有的事呢!如何，要不要加入我們，以你的身分，我相信其他門徒不會反對的。」

「啊？可是我……我什麼都不是啊，怎麼能忽然成爲門徒。」

「傻孩子，這其中一定是有目的的啊，要成爲門徒是必須對信徒有影響力的人物，你看我們這十三個，並不都資深啊，不過，一定是有『身分』的人物，現在，你也有非常棒的身分。」

我被這突如其來的邀約嚇到，還來不及回神過來，只看到高大男子也對我微微笑，隨後離開。

坐在一旁，還有一個白人，他也戴著代表門徒的金戒指，我一眼就看出來，他就是知名的紐約藝術家，瓦特。

難怪神父家會有瓦特的作品，恐怕，每一個信徒都有，瓦特一幅畫都有破百萬的價値，原來，他也是十三個門徒中的一個。

張幃淳推了一下金屬框眼鏡，繼續說道：「董百合，她可是醫院創始人後代呢。這樣信徒們就會認爲，醫院也是反對鳥嘴人的。」

「那你呢？」

「呵呵，不要看我這樣，我爸可是台灣第二大幫的幫主呢。」

「喔……」

在一旁的牆上，掛著幾個人的照片，地上都是花與蠟燭。

分別是信徒吳孟漢、門徒董百合、以及主教林忻年的照片。

張幃淳帶領我進入會場的舞台，千名信徒坐在台下，老弱婦孺都有，張幃淳一靠近麥克風，全場鼓掌。

「鳥嘴人，是惡魔的化身，使腐敗的性愛降臨人間，使人間變成煉獄，問問各位，酒池肉林，是我們要給下一代的社會樣貌嗎？」

台下的信眾激烈的搖頭，尤其是老一輩的。

張韓淳繼續說道：「主，願我們在所有的考驗之中，能仰賴你的恩寵，完全信賴你，這次的責難也是，一家天主教醫院死了那麼多鳥嘴人！這不是主的顯靈是什麼？生命的驟逝我們固然感到惋惜，但，這也是他們罪有應得！主耶穌，因著聖人的榜樣，只有『真愛』能感化上天！只有『真愛』能讓我們找到祢、跟隨祢。阿們。」

後來我依照張韓淳的指示，上台講了一些激勵人心的話。

我能理解為何張韓淳會如此受人崇拜，他的話語都透露著強烈的光芒，非常有舞台魅力，即便我不認同他說的話，但不否認他很吸引人。

隨後，便坐他們派的長禮車回家。

在車上，我不斷回想起，門徒張韓淳臨走前在我耳邊說的話。

「既然你是主教大人的男人，我想，你應該知道我們，並不是表面上的完全反對鳥嘴人，只有信徒會這樣認為而已，當你入教之後，就會曉得，我們整個運作的行徑，龐大到你無法想像，警方、醫療單位、都有我們的資金注入，因為我們的前身，其實是財團經營的基金會，就我爸那些人創始的，那些舉牌抗議的，只是我們掩人耳目的表象，實際上在進行鳥嘴人手術器材的走私、還有服務那些高端的高級客戶。」

「原來如此……」

「很多政府的官員，都是我們的客戶，我們會介紹『高級』的鳥嘴人替他們服務，服務費可是高得嚇人噢！跟那些信眾募得的款項比，高出太多了，捐款反而根本不算什麼。」

「嗯……我瞭解了，我也會認真考慮，加入的問題。」

「謝謝你。像那個民繁局局長陳俊翔啊！也是我們的忠實客戶噢！他可有錢了。」

「是噢……」我聽到他的名諱，心頭一驚。

「對啊……看不出來吧？」

「他很……常找你們介紹服務？」我忍不住問。

「嗯，之前還滿常的噢，但老實說，我很不信任他，我總覺得他們民繁局怪怪的。」

我仔細端詳這位張幃淳門徒，發現他金色眼鏡後面，厚重的雙眼皮裡，藏著一個富含知識的雙眼，下巴很尖，是個標準的瓜子臉，雖然年紀很輕，大約三十五，卻在教會裡，有舉足輕重的地位。不過，神父的年齡也大概三十三，所以，年齡在此教會似乎不成問題。

張幃淳的聲音略帶磁性，如果不看他的臉，恐怕會覺得有一定年紀了。

「民繁局的局長，是一個狡猾的老狐狸，我們教會的人都很防著他。」

「呵呵……」聽到這樣的敘述，我忍不住笑了。

「他們民繁局蓋的全新醫療大樓，在新莊，快要蓋好了，居然不要我們的投資，讓我們教會的人非常錯愕。新莊台大醫院，花了好幾億呢，政府真有錢，呵呵。」

我坐在回家的高級禮車上，反覆思索著張幃淳所說的話。

我雖預料到，真愛教會的人一定會與我接觸，但沒想到那麼快、那麼深入，我不禁感到興奮，這跟我痛恨鳥嘴人的目標一致，真正在推廣鳥嘴人文化的，就是真愛教會，所以，要真正摧毀鳥嘴人，恐怕，我得先加入教會。

如果我變成門徒，那麼，我就是背叛的猶大了。

「對了……」張幃淳若有似無的用輕浮口吻提起。

「什麼？」

「你可以放心，那個攻擊你跟主教的洪先生，已經抓到了。」

「喔?那麼快?我怎麼都沒看到新聞。」

原來,洪大叔已經被抓了?真是太好了,我還怕我親自找不到他呢。

「新聞怎麼可能會有,傻孩子。」張幃淳翻了一個白眼。

「張先生是指?」

「叫我幃淳。」

「好,幃淳你是說……什麼意思?」

「就是,我們抓到他啦,千萬不要小看我們教會的力量,你怎麼可以指望警方?」

「也是……」

「那他現在……在哪裡?」我也很想知道大叔的下落。

「呵呵,你只要知道,他現在比『碎屍萬段』還要慘就好。」他推了一下眼鏡。

我從張幃淳的眼神裡,也看到了,如同護理長愛戀神父般的堅毅眼神,或許,張幃淳對神父的愛,不亞於護理長吧,那冰冷如霜的表情,讓我打從心底害怕,但比起護理長的刻薄,張幃淳多的是一份優雅的狂妄。

我回到了神父的家,便倒頭大睡。

過了一個禮拜後,某一天,發現一台白色轎車停在樓下,我一眼就認出來,那是民繁局局長陳俊翔的轎車。

我試探性地接近那台轎車,車窗降下來,只有司機一人。

上次並沒有見到司機的正面,但看他性感的鬢角,應該是同一人,這名司機沒有想像中來得好看,但卻是稱得上是個帥哥,原因是因爲他高挺的山根、深邃的眼睛以及完美的下巴看來，一切都太完整了，像是整容整出來的，雕像般的假人。

「顧先生，局長想請你喝咖啡，請問賞臉嗎？」

我上了車。

民繁局大樓表面爲銅製鋪面，所以呈現一種深偏紅的咖啡色，窗戶之間有金屬桁梁裝飾，讓整個建築的外觀有了紋理跟深度，形成了一種具現代感跟冷冽感的視覺，線條充滿著節奏。民繁局大樓外表採用反射玻璃，我從一樓外側往內看，樓面映出藍色的天空，以及飄逸的樹影，整個矩形方正的建築物充滿冰冷的科技感。

入內，整個一樓挑高空間唯一有顏色的部分是電梯的門，是深海的藍漸層色，我進入電梯，門很快地關上，我不自覺的數著電梯的樓層，電梯內數字的字型充滿非直角的銳角，有一種新穎的設計感，我數一到六，終於來到了位於六樓的局長辦公室。

封閉的長方形空間內，有著極高的採光，並將結構柱子推出於建築物外，平面內沒有任何建築上的阻隔，只透過傢俱跟櫃子劃分，可以自由地使用開放性空間，這種空間與平面上手法，加上整座建築極簡冷冽的優雅外觀，以及局長陳俊翔整齊的西裝、自信的表情站在玻璃辦公桌前，使整個氛圍散發一種高科技無生命的陌生感。

原來這一整層，都是局長的辦公室。

局長還是頂著銀色的油頭，一抬頭看到我，立刻向我走過來。

他用力激吻我，也不問我的意願，就吻遍我的脖子與鎖骨，也不顧我身體反對的舉動。

接下來發生的事，完全出乎我的意料。

他將我推倒在他的辦公桌上，我趴著，我意思一下的掙扎。然後，他將我全身的衣物都扒光，內褲丟在一旁，並將自己的褲子跟內褲都褪到膝蓋，全身激動著抓住我，並且將自己的下體放到我的身體裡來，同時狂吻我，我感到異物侵入的不舒服感，但被隨之而來的爽快羞恥感淹沒，玻璃辦公桌似乎可以反射我自己的樣貌，我也因爲動作而無意地將桌上的東西都撥亂，筆跟紙都掉落地面，我痛恨自己的身體反應，居然這一切讓自己如此興奮。

我聽到電梯「叮咚」的聲音，我擴大反抗的動作，局長只是把我壓得更緊，並未停下活塞來回的動作。

「小顧……有想我嗎？」

「啊……」我輕聲的呻吟。

這個男人可惡至極，上次強迫我，現在居然可以當做沒事一樣，還問我想不想他？

「走開……放開我！」

原來從電梯裡走出來的，是那個整容臉的司機。

「忘了跟你介紹，這是我的秘書。」

「嗨！」秘書走靠近我們，繞過玻璃辦公桌，往局長的座位坐下，面對我。

此時我的羞愧感達到了前所未有的高漲，我用力地想掙脫卻無能爲力。

我就這樣趴在桌上，任局長擺布，眼前就是秘書，笑笑地看著我。

「好啦！局長，不要玩太久，晚點還有會要開。」

「幫我取消。」

秘書從局長抽屜拿出一根菸，點燃，我從氣味判斷那根本不是香菸。

秘書嘴裡含著一口煙，靠近局長，局長用嘴去接，但兩人的嘴唇並沒有碰到，煙就這樣從秘書口中傳到局長嘴裡。

隨後，秘書看了我一眼，手捏住我的下巴。

「手術做得不錯耶……是劉醫師動的刀嗎？」

秘書又抽了一口煙，並且用力地湊上我的嘴，將煙都吐進我嘴裡，我被苦澀味以及煙臭味嗆到，咳了兩聲，但，瞬間天懸地轉，不知道爲什麼，此時如此荒謬姿勢的我，居然如此愉悅。

後來秘書笑著笑著就離開了，留下忙碌的我與局長。

我跟局長很快就結束了，我穿上內褲，坐在辦公桌前的沙發上，局長則整理好襯衫，並且穿好褲子，坐在辦公桌上，對我微笑

「你把我找來到底是要幹嘛？」

「我想你啊！」

「不要欺人太甚了，你以爲你是誰？這樣算什麼！你的妻子跟小孩呢？」

「好可愛，生氣啦？」

沒想到年約四十的局長，不惑之年的人講話可以如此輕浮，跟在電視上沉穩的樣子根本判若兩人。

他走過來抱緊我，給了我一個熱吻，我用力推開他。

「你到底想幹嘛？你老婆知道嗎？」我直截了當地問。

「你有看新聞噢，我老婆跟小孩，也不是我願意生的啊。好啦，我是要來跟你說，鳥嘴人的事情。」

腦中浮現新聞畫面，那一家三口出席活動開心的樣貌。

「誰知道你有多淫亂！這種事以後不會再發生了！」

「呵，我遇到你之後，就只有對你這樣，小顧。」

「誰信啊？」

「好啦！我要說正經事了。」

「喔？」

「那是你不曉得的，烏嘴人的真相。」

「爲什麼忽然要跟我講？」

「因爲，我一直在注意你啊，小顧，你以爲你的計劃天衣無縫嗎？」

我心頭一震。

「我是不在意啦，不過，真愛教會的人會怎麼想，主教的母親黃女士會怎麼想呢？」

「你在說什麼？」

「你很厲害，透過程式將伺服器位置隱藏，所以抓不到照片的來源，可是，那是用照片去找尋來源，當然找不到，但，反過來就可以了。」

「你的意思是……你們……監視我的手機？」

「我們監視所有跟案子有關的人的手機，所以，我老早就知道你是主謀。」

「那還不快把我抓起來。」

「嘿嘿……你很聰明，也知道我們要報警早就報警了，請你不要誤會，即便我們掌控了一切資訊，但，我跟你，還是同一艘船上的。」陳俊翔局長，充滿自信地看著我，將手放在我的大腿上。

「怎麼說，你們想幹嘛？」

「我透過關係，把政府通訊相關單位的資料刪除了，也就是說你現在是安全的。不感謝我嗎？」

「你……想幹嘛？」

「我們是立場一致的，我指的是同性戀的部分，還有鳥嘴人的部分，不要誤會了，雖然國民繁衍局的創始目的是增加國民生產力，但，我們是支持鳥嘴人的。」

「怎麼可能？鳥嘴人、同性戀都跟你們相違背吧？」

「不要忘了，我所推動的合法代理孕母法案，最直接受惠的是我們同性戀啊。現在異性戀跟同性戀使用代理孕母已經快到一比一囉！我曉得你現在還很茫然，等我說完，你就會懂了，而且，你就會願意協助我們。」

陳俊翔局長點了根菸，用力吸了一大口然後吐出。

「你應該曉得，鳥嘴人被屠殺，只會增加鳥嘴人的人數，一開始確實會造成社會恐慌，而且動手術的人一定會下降，但，過一陣子，不用一個月，就會出現更多的鳥嘴人，因爲……這樣的屠殺，只會增加同情，並且整體改變社會對鳥嘴人的印象，關懷的舉動肯定會變多，因爲，媒體跟輿論，都是同情弱者的。」

「我不管你認爲我做了什麼事，但，那些我手機拍的照片，都是神父，也就是主教大人要我拍的，我沒有殺那些人。」

「我當然相信，那些不是你殺的，因爲我很喜歡你。但，喜歡不構成保護你的唯一理由，最重要的是，我們民繁局需要你的幫忙，我需要調查真愛教會內部的事情，我知道他們早就與你接觸了。」

「真愛教會？」

「是的，這跟你也有關係，就是，這份資料你看一下。」

陳俊翔局長從抽屜裡拿出一個資料夾，我看了看。

「這是……前院長動的手術資料，從這一年來，一共動了十六個鳥嘴人手術，而這之中術後併發猝死的，就有七位……天啊……」

「我剛剛說了，我們民繁局內部其實是由同性戀組成，我們是支持鳥嘴人的，甚至，鳥嘴人手術就是我們研發的，發明鳥嘴人的顧廣毅醫師，就是我們創始的人，待會我會跟你說，鳥嘴人的真實意義，但，我現在給你看的這個資料，就是我們正在調查的事情，死掉的前院長佑平，還有現在的新院長，劉英國醫師，可能都是真愛教會的人，他們私下到底在進行怎樣的手術，為什麼會死那麼多人？」

我整個心情都沉了下來，是的，這名單上，就有姜皓文的名字，即便叫皓文去動手術的人是神父，但，如果不是單純的手術後副作用，而是另外有陰謀，那……幕後的主使人，也是我復仇的對象，但如果沒有今天局長跟我透露資訊，那我恐怕永遠都不會知道。

「這裡面有一個死者姜皓文，是你認識的人吧？」

「不虧是局長。」

「呵呵，所以，當醫院發生那麼多事件的時候，我們便藉機探究，劉醫師一直在幫佑平醫師掩蓋真相，醫院裡都傳那些是劉醫師動的刀，但其實都是佑平前院長的問題，這背後到底有什麼意義，需要靠你來幫我們了。更何況，發生命案跟屠殺的地方，並不是我的選區啊，呵呵，倒楣的是那個選區的立委。」

局長又呼了一口煙。

我心想，這個局長不簡單，知道我在乎姜皓文的事，很會利用人嘛！完全知道我在想什麼。

「不管佑平院長是你還是主教殺的，我們民繁局都無所謂，拿生命當垃圾，他死有餘辜，至於後面死的那麼多鳥嘴人，我們也只能感謝他們的犧牲，因為有壯烈的犧牲，鳥嘴人將會有更光明的未來。更何況，大部分死的都是門徒董百合殺的。」

「那……你要跟我說鳥嘴人被『你們』創造的理由了嗎？局長。」

「你知道，我們花了多久的時間，才有今天的局面？我們花了好多年，才讓政府裡布滿我們的人。在這裡的『我們』，指的是同性戀。鳥嘴人，就是直接出櫃的人，以性為活下去的宗旨，這樣的態度，會因為鳥嘴人越來越多而影響整體社會觀感，大家意識到，同性戀變多了、出櫃的人變多了，實際上異性戀一直以為同性戀數量很少，但其實多得驚人，而且還成為一股跟風流行，甚至因為鳥嘴人，原本不喜歡同志的人還因此受影響選擇當同性戀，而街上滿滿都是鳥嘴人，會直接影響異性戀的出生率，因為，部分的異性戀人不想要孩子活在一個滿街同性戀的環境，並且，鳥嘴人帶來的享樂主義越來越盛行，而讓整個社會都布滿這個氛圍，大家開始覺得，快樂比繁衍重要，誰要生小孩啊，房價那麼高、薪水那麼低、同性戀那麼多！漸漸地……異性戀越來越不愛生小孩。」

「這跟你們國民繁衍局的成立宗旨相違抗吧？你們不就是要解決少子化問題？怎麼……」

「這就是最妙的地方啦，因為少子化過於嚴重，所以我們積極推動代理孕母合法化，同性戀本來得出國才能找到孕母，現在在台灣就可以，這幾年來同志家庭因為可以生小孩而大幅增加，連帶影響整體的社會環境，大家都發現了，這幾年，越來越多同志組成的家庭……而當同志家庭數量高到一個極限的時候……」

「天啊。」我震驚到說不出其他話來。

「沒錯，亞洲最後一個同志婚姻還未合法的國家，就會被逼的不得不合法。」

「……」

「一切都是『社會觀感』的問題，當初我跟顧廣毅醫師，就是為了幾十年來的計劃，才創造出這個手術。我們預料到，在幾十年後的今年，會造成全世界的大流行，乃至影響藝術、建築、還有音樂戲劇。」

「同婚不是一直有好幾個大法官反對，所以……」

「那你知道那些大法官，最後去哪裡了嗎？」

「不知道。」

「都已經慢慢地被我們的人取代了。」

「你們……你們是說，鳥嘴人，只是你們想讓同性戀反撲異性戀社會的武器……」

「我們從來沒有強迫任何人動手術，親愛的。」

「這樣……這樣，你們跟那些異性戀有什麼兩樣？」

「我們被壓抑了那麼多年，這是我們的機會，我們花了很多年的時間，才改變台灣人對於性的污名化。我們做的，就是讓『性』成爲一股流行，成爲異性戀社會都不得不重視的議題。」

「但，就好像你們發明了毒品，沉溺於毒品的人，是他們自己的問題，對吧？」

「講難聽一點就是如此。怎麼了，你怎麼會反應那麼大？」

局長靠近我，摟住我的腰，用很近的距離看著我。

我腦中只想著，那皓文的死呢？我到底該恨誰？

「這樣，那些人太可憐了，被你這樣利用。」

「我在說一次，沒有任何人被我利用，你看到滿街口交的那些鳥嘴人了嗎？你看到他們臉上愉悅的表情嗎？」

「那些人整天都不工作，都沉浸在性裡面，這樣是對的嗎？」我說完才驚覺我沒有資格這樣批評他們。

「那樣……是錯的嗎？」

局長摸摸我的頭，用一種關愛的眼神凝視我。

這個傢伙，絕對不能相信。

完全會用糖衣包住每一個字的人，不可以相信。我對自己內心激起對他的喜歡感到羞愧，這個人絕對不值得動感情。

「這些佑平前院長動手術的病患資料，就交給你了，你查清楚後，就會知道真愛教會到底幹了什麼好事。」

「嗯……」我腦中又浮起皓文死在我面前的景象，我知道，這是我必須繼續走下去的路。

「你待在真愛教會很好，不過，我要警告你，不要真的對他們產生認同，也不要把他們當朋友，尤其是他們的第一門徒張幃淳。」

「怎麼說？」

「張幃淳是個可怕的男人，說穿了根本就是角頭，真愛教會台面上只是進行一些傳教跟義工救災活動，私底下盡幹些骯髒的勾當，假借募款名義洗錢，走私鳥嘴人男妓，我很討厭他們，當初你前男友會被選爲主教就是爲了平衡張幃淳的勢力，當然，張幃淳本人也很景仰你前男友，他們之前也差一點在一起，所以他才會甘於只當他的部屬。現在，主教死了，原本建立好的平衡，就此崩解，這關係到整個真愛教會的立場與動向，我們政府不得不干涉。說穿了，這一切恩怨也都始於鳥嘴人。」

「你會知道這些，都是因爲信徒裡有你們的人吧？」

「這我不能講，呵呵，不過，等你當上十三門徒之一，我們才能獲得更多內部資訊，我已經聽到風聲了，你若有意願，直接當上門徒的機會很高。」

「你這樣說的意思就是，門徒裡面沒有你們的人囉？那代表他們這一方面非常謹慎。」

老實說，我就是受夠紛爭，受夠這些「劃分」，我才痛很鳥嘴人，痛很這一切，我以爲事情可以結束，但，這只讓我被捲入一個更大的紛爭裡面，事情完完全全超乎當初的期待。

辦公桌一旁的平台上，有個被布遮起來的物品，從絨布的形狀看得出來是一些方體交錯的物品。局長將布拉開，布的後面，是一棟白色與銀色交疊的建築模型，流線型的設計，樓跟樓之間旋轉交錯，非常氣派。

「這就是我們即將要完工的新大樓，跟台大醫院合作的建案，『新莊台大醫院』有領先世界的醫療科技，以及最完善的環境跟設備，占地千坪，尤其是主棟婦產科還有高達五十層樓高，將會吸引全台灣、不對，是全世界的孕婦到這裡生產。」

「哪會有孕婦大老遠坐飛機跑來……」

「你忘了，有代理孕母啊，這樣全世界的同志朋友，都會聚集在新莊。這背後的經濟效應……」

「你們……你們好可怕。」我看著這個精美又前衛的建築模型，腦中盡是官商勾結、跟數不清的陰謀。

「你怎麼會這樣想，這一切都是爲了我們同志的未來啊！裡面甚至還有鳥嘴人專門的手術室，不過，目前還沒有通過就是了。」

我握著手上的資料，說不出話來。

「等你查完，就會知道真相了，到時候，再來找我。」

他欲吻我，我躲開，對他露出不屑的微笑，就轉身搭電梯離開了。

「你很快就會回來的。」他對著我的背影說。

我沒有辦法想像，如果讓張幃淳知道，神父其實是我殺的，我會有什麼下場，不過好在，洪大叔現在應該也無法反駁了。

我早就該在還沒被發現時，逃離這一切，對吧？但內心又忍不住，這突如其來的所有事都讓我興奮，自從在局長車上被他侵犯後，便對他念念不忘，想要報復他的羞辱，卻忘不了他的體溫，我怎麼會被弄成這樣？

不過……我想，民繁局背後肯定有更大的陰謀。

當天晚上，我沒有回神父家睡，我到了高架橋下的鐵皮屋裡，我將衣物都脫光，蜷縮在地上，感受此處神父的體味圍繞著我，之前一直覺得是酸臭味，但我仔細一聞，才知道這些其實都是神父身體的味道，他身體的所有液體綜合起來的味道。

我不自覺地吸著拇指，身起弓起，似乎回到羊水般的姿勢，安穩的睡著了。

又過了一個禮拜，我受邀去真愛教會的集會所，因爲這一天，就是選出主教的日子，也是要讓我加入成爲門徒的日子。

午後，靠近傍晚時刻，我到了這一間集會所，集會所就在一棟五層樓大樓的第四樓，如此樸實精簡，一點也看不出來這樣的宗教團體背後有龐大的黑道金援，或許是故意要低調吧！真正有錢的人都是不穿名牌皮鞋而是穿藍白拖鞋的。

電梯門打開，一個可愛的櫃枱少年對我微笑。

「顧先生，右邊走道第四間噢！」

「好的。」

我走往右邊的走道，一個轉彎，然後走到第四間房間，一打開門，裡面沒有人，只有一些奇怪的機械，有點復古，長得很像留聲機。

我好奇的看了一下，不假思索的離開房間，回到走廊，往前面三間房間看去，結果第二間門打開，一名中年婦人走出來，看到我，對我露出微笑。

「啊，是顧先生嗎？」

「是的！」

「這邊啦！」這名中年婦人面目慈祥，有著一個打肉毒桿菌樣的鳳眼，渾身散發一股高傲的氣質。

「這裡是休息室，您先坐。」

我這才看到這名婦人手上也戴著門徒代表的金戒指，對我露出很善意的微笑。

「門徒原本需要主教推薦入門，不過若特殊狀況無法推薦，則改由門徒投票半數通過即可，等下您必須先等我們開門徒會議，稍等噢！」

中年婦人給了我一個笑容便離開休息室。

我一個人坐在休息室等了大概半小時，然後，櫃枱少年進來。

「不好意思，他們開會，你們在這裡稍等一下。」

櫃枱少年對身後兩位男子說話，並將他們引領進休息室，隨後離開。

等櫃枱少年離開後，我才露出驚訝的表情。

「你們來這裡幹嘛？」

「來找我的好朋友啊！」局長說道。

這兩名男子，就是民繁局局長陳俊翔跟他的整形臉秘書。

「誰是你好友啊？」

「不要誤會囉，我不是說你，我們是來找張幃淳的。」

此時秘書說話了。「全世界只有你敢用這種語氣跟我們局長說話。」

「你來找他幹嘛？」我沒理會秘書。

「今天就會選出主教，我來關心一下狀況，我們民繁局對真愛教會釋出極大善意，要跟將來的主教大人打聲招呼啊，張幃淳肯定會被選為主教，他的勢力太龐大，不過我們好像來太早了吼，還沒開完會。」

「根本還沒開始開，他們現在在開門徒會議，決定我是否能加入。」

「哎呀，門徒大人好。」

「新莊台大醫院不是要開幕了嗎？」

「那是後天。」

「喔。」

「你怎麼沒再來找我？我好想你啊。」局長凝視著我，我避開他的視線。

「我查出來……那些前院長操刀後，還活著的九位鳥嘴人的下落了。」

「喔？那太好了，那你就會明白，事情的嚴重性。」

「嗯……真的太奇怪了，前院長操刀的十六個手術，裡面七個人猝死，包括姜皓文，其餘九個人，有一個就是洪渙業，但他被殺了，所以剩下八個活人，其中五個人很正常……但剩下三個……」

「嗯，說吧，說你查到什麼了。」

「剩下的人，有兩個跟女生結婚了，剩下一個，沒結婚，但是有女朋友。」

「很好，你查得很仔細。」

「怎麼會這樣？雖然只有三個，但，這樣也太奇怪了，到底發生什麼事？」

「你覺得呢？」局長露出曖昧的微笑，眼神極為銳利。

「太離奇了，我完全不知道這些事情有什麼關聯。」

「那我就直說了。」

「好。」

局長看了一下四周，然後壓低音量。

「他們，他們真愛教會以及天主教醫院，在研發一種手術儀器，這個儀器可以透過電波影響腦部對於性取向的認同，所以，人們可以自由地選擇自己的性向，你不曉得，其實很多同性戀想變成異性戀，而且其實也很多異性戀想當當看同性戀，不過，我們嚴重反對這件事，不只是因爲這樣做是不對的，還有一點，就是，他們拿鳥嘴人做實驗，因爲動鳥嘴人手術的大部分都是比較沒有家人牽掛、並且愛好自由的獨立個體，趁著手術替那些人做性向轉變，就是有死亡風險，所以那些人才會猝死，但，他們也成功的轉換了三個人的性向。」

「這樣他們有什麼好處？」

「他們要賣到黑市去，服務特殊需求的人。」

我完全不敢相信我耳朵聽到的這一切，原來皓文就是個實驗下的犧牲品嗎？

這種毫無意義，並且完全違背自然的手術。

「所以，我們需要你獲取手術相關資料，關於那個儀器，我們民繁局也在研究相關的儀器，但，目前所獲得的資訊太少。」

「啊？你們也在研發一樣的儀器，是爲什麼？」

我跳起來，極度惶恐的看著局長。

這一切都讓我作噁，發自內心地作噁。

「啊！你們，你們太可怕了！」

秘書這時說話了。「噓，小聲點！」

「你們，你們想要把異性戀變成同性戀吧！你們……」

就是因爲我討厭人們的劃分、對立，我才有之前的屠殺計劃，但眼前即將發生的事情，更是讓我不解，更讓我惶恐。

我之前所做的一切努力，似乎都白費了。

「我們才不會做這種事咧！」

「那……你們……我懂了，民繁局，新莊台大醫院，主打婦產科大樓，每天都可以接生上百名嬰兒出生，還有進口超過五百位代理孕母……你們，想要新出生的孩子，都是同性戀，對吧？」

「不虧是小顧，你很聰明。」

「這！這太變態了！」

「怎麼會呢？民繁局的目的就是這樣啊，這棟新大樓，會吸引全世界的同志來生小孩，還有台灣另外六間醫院是我們局的合作對象，這個儀器將結合生產儀器，喔，更棒的是，全台灣的異性戀孕婦也都會因爲高級的設備而來生產，而他們都會生出同性戀小孩，小孩也都要過十幾年後才會察覺性向，但完全不會有人懷疑是醫院的問題，況且小孩大部分不會向父母出櫃，這樣不用三十年，整個台灣的新世代人民，就都會是我們同伴。」

我看著局長扭曲的臉，深感害怕，這樣變態的計劃，居然可以用那麼輕鬆的態度說出口。

「這一切同志比較多的『社會觀感』，你們也是要透過媒體對吧！」

「是啊，現在這個國家，只要操作媒體，就是掌握一切。」

「不要忘了，媒體可以幫助你，也別忘了，媒體最會見風轉舵，隨便就可以毀了你！」我冷冷地說。

「所以我們需要你，小顧，我們要知道真愛教會的立場，也要阻止真愛教會將同性戀『恢復』成異性戀。」

「你們這樣跟那些異性戀有什麼兩樣？不要忘記你的父母都是異性戀啊！」腦中忽然出現在街上那些鳥嘴人，如行屍走肉一般，遊蕩在街上，不停尋找口交對象的樣貌。

「我的父母痛恨我是同性戀，小時候他們因爲我是同性戀而打我，小顧，要改變世界，只有這個方式。」局長毅然地說。

「我無法接受……」

此時門被打開了，我立刻壓低自己說話的音量。

走進來的，就是張幃淳，他穿著藍色西裝，戴金框眼鏡，露出制式的微笑。

「局長好！啊，小顧，你等我一下噢！」

我對他微笑，局長也站起來，兩人握手，眼前就是兩個我見過最可怕的男人相見，我不曉得我有生之年還可以見到這個畫面，兩人討厭彼此，也彼此各據山頭，都是不好惹的人物。

「張先生好，好久不見了。」

「是啊，好久不見了，叫我幃淳就好，部長，什麼風把你吹來？」

兩人都露出燦爛的微笑，若不知道詳情的人恐怕會認爲兩人是摯友吧？

「就想說很久沒看到幃淳了，哈哈哈。」部長一笑，秘書也跟著笑。

「再過一下子，就要開第二個會了，抱歉噢，沒太多時間招待局長。」

「沒關係，我也不請自來。」

「對了，兩位見過吧？」張幃淳忽然提到。

「你怎麼知道？」我問道。

「上禮拜你不是有去他們民繁局大樓嗎？很漂亮吧？」

這個傢伙真的很狡猾，這樣試探到底有什麼目的？

局長繼續說話。「我就直說了。馬上就是我們民繁局新莊台大醫院開幕，到時候也希望貴單位不要有人到現場舉牌抗議。」

「局長大人都親自來訪，我會叮嚀下面的人的！請放心。」張幃淳露出親切的微笑。

兩人客套的對話幾句後，局長便與秘書離開。

我則是戴上了金色的門徒象徵戒指。

「大家，來歡迎我們第十三位門徒。」張幃淳說道。

我走進去會議室，方形會議桌的眾人鼓掌，並坐下空位。

除了我的這其餘十二個人，感覺都大有來頭：第一門徒張幃淳、剛剛看到的中年婦女、上週遇到的一百九十公分的高大男子、一個戴眼鏡的平頭男、一個旁分頭的男性化女性、一個眼神呆滯的青年、一個長髮滿臉鬍渣貌似耶穌的男子、一個皮膚極黑的扁嘴男正在看手機、一個身材臃腫的白髮中年男子、白人藝術家瓦特手勾著旁邊一個皮膚白的美男子、最後是笑容輕浮的一名醫師——劉英國。

「主教投票現在開始，在會場將會有我們一千三百名重要信徒參與投票，投票將會使用電子按鈕，選票結果會直接連線到我們總部這裡，大約半小時，計數器會將結果刻在金屬鑰匙上，此人將會獲得主教權利，可以去本部許多一般門徒不能進的房間，但主教身分只會有我們十三個人知道。」幃淳緩緩道來，貌似認爲自己一定會當選。

「就讓我們慢慢等待吧。」高大男子說。

劉英國就坐在我旁邊，對了我笑了一笑。

「沒想到醫師也在這。」

「呵呵……」

「原來醫師也是教會的人。」

「呵……不要告訴別人噢！」

「不會啦。」

劉英國醫師露出尷尬的笑容。

劉醫師拿出自己的保溫瓶，走到一旁的桌子上倒咖啡進去，然後倒了一點綠茶進去。

「對了，你是前主教的『前男友』啊？」劉醫師問。

「是啊……人都已經死了，當然是前男友。劉醫師也有男友嗎？」

「我是異性戀啊，我交過一個女友，怎麼說呢，前任真是一個神祕的存在啊！雖然當年她做了讓我受傷的事，但我現在完全能理解呢，可以說我都懂了，不愛就是不愛了，再遇到恐怕也不會多說兩句，我也不會矯情的說感激她，一切都只是『過程』，一個發生就注定結束的過程，至少她跟第三者有真愛……啊呀，這咖啡綠茶真好喝，但不合我胃口。」語畢，劉醫師便把保溫瓶裡的咖啡綠茶倒掉。

我並沒有很認真聽劉醫師說話，畢竟，他對皓文的死也有部分責任。

張幃淳按了桌上的對講機按鈕，櫝枱少年將一瓶紅酒拿進來，張幃淳打開後，櫝枱少年將紅酒倒在桌上的高腳杯裡。

「這是本教會酒莊私藏的很貴的紅酒！我不太懂紅酒，但，我知道貴的就好喝。」

語畢，大家都給予笑聲當回應。

大家舉杯飲盡，忽然，聽到外頭鈴鐺聲響起，所有人表情瞬間凝重。

張幃淳將酒杯放下，並開口。「好了，現在金鑰匙會在隔壁由機器自動刻好，我的助理將會把鑰匙帶過來這個房間，一起公布，就是我們第十代真愛教會主教。」

櫃枱少年又走進房間，鑰匙用絨布包住，隨後少年離開房間，張幃淳在大家面前將布掀開。

大家都大吃一驚，我也瞪大雙眼，鑰匙上清楚的刻著「XIII」。

張幃淳冷冷地說道。「十三號門徒，小顧，你就是新任主教。」

所有的人都看著我，似乎要把我殺了，到底發生什麼事我還沒辦法回神過來，只好傻傻地看著大家。

「我……我……」我害怕的嘴唇發抖，說不出其他話。

沉默了三秒後，終於有人開口說道。

「這是不可能的。」中年婦女冷冷地說，眼睛望向前方，似乎不屑正視我。

「結果都出來了，就要信服啊！」劉英國醫生說，他的態度讓人覺得他根本不在乎結果。

「怎麼可能會是他！」藝術家瓦特生氣地指著我。

張幃淳面無表情，手靠在桌上托腮。

「會不會……」張幃淳慢慢地吐氣說話。

「會不會什麼？」瓦特氣憤地問。

「會不會是作票？」

語畢，氣氛凝重，我這才曉得我完全中計了。

「我沒有！」我急忙著解釋。

「沒關係，你先不要急，我們查一下就知道。」張幃淳說道。

我站起身，卻被高大男子用力地握住手腕，讓我動彈不得，我只好坐下。

我越想越不對勁，到底現在的局面是怎麼一回事。

張幃淳離開會議室，過了三分鐘就回來。

「我們剛查到了，在今天開會之前，小顧有進去投票機械室，而且還待了好幾分鐘，我這裡宣布，要重新投票，重新投票需要十二門徒同意，同意的請舉手。」

在場所有人都舉手，除了我，剛好十二隻手。

「我沒有作票！我幹嘛作票呢！」

「我也有看到你從投票機械房門出來！你去那做什麼？」中年婦女開口嚴厲指責。

「那是櫃枱跟我說是第四個房間！我才走錯的！」

原來一切都計算好了。

「櫃枱小弟明明就跟你說休息室是第二間，沒關係，等我們重新投票即可，在會場的千名信徒已經通知，只要結果不一樣，你就是作票！真是好意思啊！跟媒體說自己是主教的男友，都還不知道你的目的是什麼呢！」張幃淳像是變了個人般的，眼神跟表情都不一樣了，不，或許這惡魔般的樣貌才是他的真面目。

「這樣對我有什麼好處？沒意義啊！」

「天知道你接近我們主教什麼意圖，大概也是從主教那裡得知投票機器的構造吧，就是你動手腳的！」

我完全無力反駁，也根本沒有作票的需要。

中年婦女站起身幫腔。「如果屬實，不，現在已經是確定你作票了，各位，我建議跟洪先生一樣，帶他去『私刑室』處決，超過十票同意即可。」

聽到這裡，我才曉得張幃淳的目的，原來就是要將我處決，就跟洪大叔一樣，從一開始要我加入就是爲了正大光明除掉我，即便張幃淳並沒有發現殺害主教的就是我，但，卻還是處心積極要殺我，看來，也是出於忌妒吧！或許是很深很深的醋意使然。

我用力站起身，試圖逃離，高大男子立刻抓住我肩膀，將我按在牆上，張幃淳緩緩地走靠近我，在我耳邊說話。

「小顧……我也不想這樣，不過，你真的覺得你可以全身而退嗎？」

是的，我也一直覺得我無法全身而退，發生那麼多事情，是否，該找上門來的，始終會來？

十二位門徒，除了劉醫師之外皆舉手。

「看來，你馬上就要去找主教了，喔，不對，主教在上面，你在下面呢！」張幃淳指著地板，暗示我死後會下地獄。

「哼！你們信徒老是說爲了上天堂、上天堂，死了之後才會上天堂，你們都是想死吧！」

我已經激動到不知道在說什麼了。

高大男子將我拉住，到走廊上，我一個逃脫，被高大男子撞倒在地上，我往前爬，非常狼狽，張幃淳跪在我身邊，手掐住我脖子。

「小顧，你的目的到底是什麼？到底爲什麼要接近我們主教大人？」

「……」

「真可惜，其實你是我的菜呢。」張幃淳用力地親吻我，他微厚的嘴唇，溼潤了我的乾裂。

「我……我就要死了嗎？」

「呵呵……說死，也太污辱『死』這個字了吧！」

「我不想死啊……」我脫口而出。

「放心，不會那麼快。你，是個不可原諒的存在！」

果真，張幃淳果真是妒忌我跟神父的事情。

我已經可以想像到，昏暗的房間內瀰慢著血的味道，然後在那個私刑室裡面，有著無數的屍塊，張幃淳用盡方式折磨我、虐待我還不讓我死，然後在我痛苦的跌在地上後，在房間角落看到的……是大叔的頭顱。

不敢繼續想下去了。

張幃淳用拇指用力的掐住我的喉嚨，我感到呼吸困難。

「你……」

忽然之間，高大男子表情猙獰，手握胸口，倒在地上。

張幃淳只回頭看，也傻住，會議室裡也發出些許混亂聲。

張幃淳一咳，嘴角咳出血來，將手放鬆，並用一種不可思議的眼神看我，隨後倒在地上。

「咳……」我也咳出血來，但我緩緩地站起身，看著在地上掙扎的張幃淳。

「怎麼會這樣……」

「幃淳哥，你可以去找主教大人了。」

「怎麼會這樣……紅酒不可能被下毒啊……你也才剛到，杯子……也洗過……難不成這裡有你的人？」

此時我沒空理他，我走到櫃枱，翻開抽屜，找到一把剪刀，因爲我知道剛剛有人不是用酒杯喝紅酒，而是拿自己的保溫瓶裝。

會議室裡跑出來一個人，那就是劉英國醫師，他惶恐的看著地上痛苦的兩人，轉身就跑，看也不看我一眼，我從背後追上，劉英國將逃生門推開那一瞬間，我用手勾住他脖子，另一隻手拿剛剛找到的剪刀，用力地刺進他的頸動脈，並同時旋轉剪刀。

他噴了非常大量的血，手試圖掙扎，全身失去力氣。

我推了他一把，他往下直直摔落，翻滾跌落下樓梯，隨後將逃生門關起。

我轉過身，張幃淳正拿出手機，我靠近將手機踢遠，用力地踩他的手。

酒我也有喝，但爲什麼我沒事？因爲我有提早注射解毒劑 flumazenil，至於他們爲什麼會中毒，那是因爲我昨晚在水塔裡下大量的毒劑，所有自來水都會注入水塔施壓，再通到內部水管，酒杯裡沒毒，可是用自來水洗過的杯子，殘留了一些毒素，無法致死，可是卻可以讓他們生不如死。

張幃淳眼睛瞪大，無法說出話來。

「幃淳哥，我也不曉得你這麼狠，差一點就要死了。我剛才還怕沒用呢！好險喔。不過雖然我早已注射解毒劑，還毒性還是有點作用。」說著說著，我又咳出一點血來。

我將自己包包裡的針筒拿出來，畢竟現有的毒素無法置他們于死地，只好重新注射確認。

回到門外，張幃淳已經免無表情地躺在地上，看著我，我將針筒毫不猶豫的刺入他的脖子，他看著我，冷冷地看著我。

我給了他一個微笑，便將毒素全部注射進他的身體裡。

他掙扎、他抽動。

「對了，忘了跟你說，主教大人是我殺的喔。」

張幃淳瞪大雙眼，手緊緊地握拳，似乎血管都要爆裂。

然後他停止了所有的動作。

我走進會議室，所有的人幾乎都已經昏厥過去，但有些人還在抓著喉嚨掙扎，我陸續將還在掙扎的人解決。

此時，外面走道發出驚呼聲，是櫃枱少年，還有另一個壯碩的男子。

兩人快步走進會議室，看到十幾位門徒都吐血倒地、或是趴在桌上。

兩人看到我，也看到我嘴角流出的血。

「你……」

「十二門徒集體自殺。」

兩人似乎不太相信我說的話。

我將桌上的鑰匙拿起來，面對著他們。

「你們叫什麼名字。」

「我叫王治家。」櫃枱少年說。

「我叫顥。」壯碩的男子說。

「治家、顥，你們看到這鑰匙上面刻的字了，跟我手上戒指刻一樣的數字 XIII，這代表什麼，你們知道嗎？」我放大音量。

「代表，您是新任的主教大人。」顥說道。

「代表你們現在該聽我的，不可以張揚，這樣信徒們會動亂，對外一致宣告張幃淳與其餘十二門徒因感懷前任主教大人逝世，自願與前任主教共赴天堂，並請從信徒中選出新的十位門徒，其餘兩位，我指派你們爲一號與二號門徒，這些屍體就交給你們處理了。」

兩人互看，還半信半疑，我其實不指望真的當成主教，但，這是我活著離開這棟大樓唯一個方法。

「好吧，主教大人，我們找其他人來處理屍體。」兩人說完即離開現場，或許，這兩人也因爲當上門徒而引發私心吧，有的時候，要把敵人變成自己人，只要給他們想要的東西。

此時整層樓都是安靜的，沒有半點聲音，跟剛剛充滿叫喊聲截然不同。

我看著已經沒有生命跡象的張幃淳，下意識地將他的褲子褪下。

膚色黝黑、未勃起但飽滿粗大的陰莖顯露在我眼前。

我用舌頭提起，並且含住。

這一切讓我興奮，但，我卻怎樣都開心不起來。

我應該要很愉悅的啊？

忽然，開始想念神父了，想念。

我吸吮著，似乎想找回以前的感覺。

但，已經忘了，當初是爲了什麼而口交。

後記

顧廣毅

二〇一四年秋天，當時我正在忙碌於我的碩士畢業製作《陰莖口交改造計畫》，這個計畫是一系列口腔改造的科幻想像，藉由牙醫科技跟組織培養的生物技術，去增進男同志族群裡口交過程中的生理愉悅。我在我的研究試圖以創作的方式探索科技對人類與社會的影響，觀察在醫學領域中難以被研究的慾望與情感。

當時在一次與巴特的晚餐聚會中，閒聊到這個計畫的內容，意外地越聊越深入，我們都希望能夠藉這樣的設計創作架構下建立一個有趣的故事，去描寫這樣的情感。於是，巴特替這樣的前端科技想像撰寫了《鳥嘴人》這本科幻情色小說。說來有趣，本來只是一個閒聊中的概念，沒想到一切都發生得非常迅速，一年左右的時間這本小說已經要準備出版。現在回想起來還是覺得非常訝異。

事實上，替前端科技撰寫科幻小說是一個特別的研究方法。許多科學家藉由建立所謂的科幻雛形（Science Fiction Prototyping）這樣的方法，去思考自己的研究跟社會的關係。這樣的方法來自於 Brain David Johnson* 他的著作《科幻雛形-用科幻小說設計未來》。他這本書主要提及在 Intel 這間半導體公司中，有部門需要負責研究科技跟人與社會的關係，研究的結果要作為一個科技公司在公司技術開發的發展參考。他們其中利用了一個模式，是所謂的科幻雛形之方法論。過程在於首先必須先找到一個科技是你想要研究的對象，接著進行一連串的科幻想像，建立一個想像中的世界觀、角色的設定、情境的設計、故事結構等等，媒介上可以是科幻小說的撰寫或是科幻漫畫等方式。而此類的科幻想像的目的，在於 Brain David Johnson 認為藉由這個過程，可以去找出這個科技與人類和社會的關係。然而對於科學家或工程師而言，Brain David Johnson 認為他們在做科學研究的時候，時常忽略這個科技在發展後對於人類與社會的影響，而科幻想像有助於幫助科學背景的人，理解他們手上的研究跟社會的關係。尤其對於科技公司的技術開發而言這個更為重要，因為他們之後的研究成果必須面對市場與人群。

也因此這本小說的問市對於我而言是十分重要的。它所形塑的故事，刻劃的是這個科技與男同志次文化交互的各種可能性。除此之外，這樣的大眾文本，也可以讓此類的科幻想像有機會與這個次文化甚至其他人對話，開啟科技與人類社會溝通的一個管道，由衷地希望讀者可以在這本小說中看到世界的其他可能性，開拓更多想像的空間。

* Brain David Johnson, *Science Fiction Prototyping - Designing the Future with Science Fiction*, pp. 1-31.

後記 II

巴特

神父的祕密小屋，是狹小、骯髒的「鳥巢」，對比鳥嘴人聚集地的開放空間「鳥籠」剛好是相反的。壓抑並且自律的神父與任意在街上口交的鳥嘴人，正是這世界上最極端的兩邊，「鳥籠」應該是限制住自由的空間，在這裡卻開放成為雜交的場域，因為牠們的鳥籠就是全世界，而神父舒適的「鳥巢」卻只能隱藏在不為人知的小角落，這一點我是滿同情神父的。

在這個世界裡，每個人都有屬於自己的勢力範圍，院長的「密室」、護理長的「病房」、門徒的「私刑室」、神父的「教堂」，似乎只有主角小顧沒有自己的空間，所以他總是在假扮別人，就像是仿聲鳥一樣。

感謝廣毅讓我認識了小顧，跟小顧相處的這段短暫時間，我發現我很羨慕他，他是一個沒有完整計畫的人，真好啊，臨場的反應會讓他感受到真實，所以他會做到一定的程度，然後等看結果，再見招拆招，多麼無拘無束的人生啊，這樣的人不是白癡就是真正的無畏懼，他不害怕失去什麼，或許，也是因為他不覺得他真正擁有過什麼。

Bart

——國家圖書館出版品預行編目資料——

鳥嘴人 / 巴特著 . -- 初版 . -- 臺北市 : 基本書坊， 2016.01
240 面 ; 14.8*20 公分 .--(G+ B031)
ISBN 978-986-6474-69-9(平裝)

857.7 105000639

G+
B031

鳥嘴人

作　　者　巴　特
科學論證　顧廣毅

責任編輯　郭正偉
視覺構成　巴　特　bart44444@gmail.com

企劃／製作　基本書坊

社　　長　邵祺邁
編輯顧問　喀　飛
法律顧問　鄧傑律師
業務助理　謝大蔥
首席智庫　游格雷

社　　址　100 台北市中正區南昌路二段 112 號六樓
電　　話　02-23684670
傳　　真　02-23684654
官　　網　gbookstaiwan.blogspot.com
E-MAIL　pr@gbookstw.com
劃撥帳號　50142942／戶名：基本書坊

總　經銷　紅螞蟻圖書有限公司
地　　址　114 台北市內湖區舊宗路二段 121 巷 19 號
電　　話　02-27953656
傳　　真　02-27954100

2016 年 01 月 31 日 初版一刷
定價 新台幣 300 元
ISBN 978-986-6474-69-9